내 마음속의 신을
움직이다

- 직업사회 편 -

내 마음속의 신을 움직이다
— 직업사회 편

발행일	2022년 8월 25일

지은이	신진행		
펴낸이	손형국		
펴낸곳	(주)북랩		
편집인	선일영	편집	정두철, 배진용, 김현아, 박준, 장하영
디자인	이현수, 김민하, 김영주, 안유경	제작	박기성, 황동현, 구성우, 권태련
마케팅	김회란, 박진관		
출판등록	2004. 12. 1(제2012-000051호)		
주소	서울특별시 금천구 가산디지털 1로 168, 우림라이온스밸리 B동 B113~114호, C동 B101호		
홈페이지	www.book.co.kr		
전화번호	(02)2026-5777	팩스	(02)2026-5747

ISBN	979-11-6836-345-8 03810 (종이책)		979-11-6836-346-5 05810 (전자책)

조현병을 앓고 있는 한 30대 남자의 취업 준비와 직장 생활 감동 수기

내 마음속의 신을 움직이다

- 직업사회 편 -

신진행
에세이

"당신도 할 수 있습니다"

끊임없이 세상의 문을 두드리고
희망을 찾아가고 있는 이가 건네는 위로의 메시지

북랩

머리말

출판을 고함

신진행입니다. 『내 마음속의 신을 움직이다』 출간 이후 두 번째 책이 나왔습니다. '직업사회 편'이라는 부제도 달았습니다. 주 증상인 조현병으로 정신장애인 등록을 하고 많은 일들을 거치며 회복기를 가졌을 때가 30대 초반이었습니다.

과연 30대 중증 장애인이 무언가 내세울 만한 스펙도 없이 어떻게 취업과 사회를 경험했는지 기록으로 남겨야 할 것 같아 두 번째로 취업 관련 글을 썼습니다.

지금이야 직업을 잘 구하고 잘 다니고 있지만, 당시 회복하고 있었던 시절에는 약을 먹으면서 투병하고 있었습니다. 그렇기에 그 과정은 순탄치 않았고, 힘들었지만 많은 경험을 할 수 있었습니다.

30대 초반부터 지금까지 제가 다녔던 직장은 다양합니다. 뒤에서 설명을 하겠지만, 결론부터 이야기하자면 글쓰기에 관해 꾸준히 노력한 것과 인문학 교육을 전공한 것이 많은 도움을 주었다는 결론을 낼 수 있겠습니다.

인문학 교육 덕분에 저는 이력서나 자기소개서를 유창하게 쓸 수 있었습니다. 사람의 기본이 되는 학문이 바로 인문학이라 생각합니다. 쓸모없는 학문이 아닌, 세상을 가르치며 인간의 기틀을 만드는 학문이기에 세상에 평화로움을 널리 퍼뜨리는 학문이 아닌가 싶습니다.

인문학 교육은 투병하는 동안 저에게 많은 가르침을 주었고, 할 수 있다는 자신감을 주었습니다. 최종적으로 다녔던 곳에는 일반 전형으로 지원했고, 홍보 담당관의 자리까지 가게 되었습니다. 저는 인문학이 기본이라는 말을 늘 하고 있습니다.

글을 쓰는 일 외에도, 사진을 촬영하는 일로도 많은 경험을 했고, 세상은 그래도 살 만하다는 것을 느꼈습니다.

뒤에는 제가 이전에 썼던 자기소개서와, 코로나 콜센터에 근무하면서 썼던 단편소설을 실었습니다. 저의 자기소개서와 제 경험을 담아 썼고 우리의 사회상을 담고 있는 소설이 『내 마음속의 신을 움직이다—직업사회 편』에 싣기에 적합할 것 같아서입니다.

그리고 장애인협회와 동네 패스트푸드점에서 근로하는 동안 있었던 일들에 대해서는 첫 번째 책에 적어 놨기에, 이번 두 번째 편에서는 간략하게 적어 놓았습니다. ○○대학교 병원부터는 길게 써 두었으니 참고 바랍니다.

이 모든 순간이 있도록 도와주신 고등학교 3학년 담임 선생님과 정신과 치료를 담당해 주신 박 원장님과 ○○대학교 시절 인연을 맺었던 박 교수님께 감사드립니다. 이분들의 헌신과 노력 덕분에 오늘의 제가 있는 것이고, 이를 기록으로 남기며 다시 한번 감사드리는 바입니다.

처음 보기

『내 마음속의 신을 움직이다』의 출판으로 무언가 얻은 것이 있었다기보다는, 그 자체로 제가 어떠한 일들을 겪었는지 이야기할 수 있는 좋은 기회였습니다. 2020년 당시 제가 인턴 생활을 하고 있던 부산의 어느 개발원의 동료들에게 책을 선물로 주었고, 교감을 할 수 있었습니다.

구청 일자리 사업에서 만난 사람들에게도 책을 선물했고, SNS '트친(트위터 친구)'들에게도 책을 선물했습니다. 선물한 후 책에 대해 들은 평으로는, 다음과 같은 이야기들이 있었습니다. 개발원의 동료는 "책이 너무 우울하다.", 구청 일자리를 함께 했던 동료는 "나도 예전에 다 겪어 본 일들이야.", 또 다른 동료는 친구 동료에게 "책 내용에 비하면 내가 살았던 일들은 아무것도 아니었다."라고 했습니다.

인지도가 없었던 신진행의 책이 2년이 지나는 순간 판매 부수 200권을 돌파했습니다. 인지도가 없는 것치고 책 판매 200권 돌파는 기적적인 것이라고 생각합니다. 하루에도 책이 수천 권이 출판되고, 80퍼센트 정도의 책은 판매 부수 100권을 채 넘기지 못하고 사라진다는 이야기를 들었습니다. 저의 경우는 매우 운이 좋았던 것이고, 여러 사람들에게 뜻밖의 이야기들을 들려주며 많은 이야기를 나눌 수 있었다고 생각합니다.

출판 비용까지 거두어들이진 못했지만 잘되었다고 생각합니다.

두 번째 책을 준비하게 된 계기는, 중증 정신장애인의 취업 스토리를 쓰겠다고 결심한 것이었습니다. 유지 치료를 하고 있는 동안 저는 다양한 분야에서 취업을 했고, 공공 기관 위주의 취업을 할 수 있었습니다. 장애인 '취준생(취업 준비생)'이나 일반인 취준생, 아니면 저의 데이터를 필요로 하고 효과를 볼 수 있는 사람들에게는 아주 좋은 기획이 아닌가 싶습니다. 그래서 기획하고 쓰게 되었습니다.

이제 7년간 다녔던 직장들에 대해 이야기하고자 합니다.

① 장애인협회
② 동네 패스트푸드점
③ ○○대학교 병원
④ ○○안전처
⑤ 부산의 어느 개발원
⑥ ○○구청 보건소 콜센터 직원
⑦ 장애인 주간보호센터
⑧ 국립○○대학교
⑨ ○○연구원

위의 직장에 들어가기 위해서는 자기소개서나 이력서를 써야 합니다. ①번부터는 자기소개서와 면접 부분이 채용에 상당히 크게 작용했습니다. 이 직장들에 들어갔던 저의 이야기와, 그곳에서 있었던 일들에 대해 지금부터 밝혀 보고자 합니다.

여는 내용

대학 병원에 입원하고 상당한 부작용에 시달렸습니다. 두통은 항상 저를 따라다녔고, 컴퓨터나 TV를 두 시간 이상 보면 늘 동공이 파르르 떨리며 눈동자가 뒤집어졌습니다. 그때는 무조건 침대로 가서 잠을 자야만 했습니다. 잠이 오지 않아도 자야만 했고, 그런 상황 속에서 저는 하루하루를 무의미하게 보냈습니다.

대학 병원에서 약을 타 먹고 있었고 살아갈 요건이 되지 않았습니다. 대학 병원에서 퇴원하고도 이러한 상황들을 2년쯤 반복하게 되니 삶의 의지가 꺼져 가고 있었습니다. 아팠고 또 아팠습니다. 살아 있는 일이 의미가 없었고, 어쩌면 마지막을 준비해야 되겠다는 생각까지 하고 있었습니다.

사실 장애인 등록은 대학 병원에서 담당 주치의가 권했습니다. 당시 저는 장애인 등록에 대해서는 생각조차 하고 있지 않았습니다. 하지만 그때와 같은 상황이라면 어떻게 되든 상관없다고 생각하게 되었고, 담당 주치의가 권해서 장애인 등록을 준비했습니다.

내 마음속의 신을 움직이다_직업사회 편

병원에서의 기록을 뽑고 의사의 소견서 등등을 챙겨서 동사무소에 제출하면 되는 것이었습니다. 차트는 2년 동안의 것이었지만 분량이 약 500쪽 이상이 되는 어마어마한 기록이었습니다. 기록물이 많아 동사무소에 "페이지가 500쪽이 넘는데 이걸 다 제출해야 되나요?"라고 물었더니 "관련 서류는 아무리 양이 많아도 제출해야 합니다."라고 했습니다.

그렇게 내 기록물을 복사해서 동사무소에 가져다주니 무언가 서류를 작성했습니다. 그것이 어떤 결과를 가져올지에 대해서는 생각하지 않았고 그저 가만히 예측 못 할 일들에 대해 생각하고 있었습니다.

1개월 조금 지났을 때 복지 카드를 수령해 가라는 전화가 걸려왔습니다. 나는 서둘러 우체국에 가서 복지 카드를 수령했습니다.

'장애 3급' 카드, 그리고 그 뒤에 붙어 있는 '정신장애'라는 단어가 눈에 들어왔습니다. 사실 그 전까지는 아무 생각이 없었다가, 무언가에 치인 듯했습니다. 아무 생각도 없었고, 어떻게 앞날을 헤쳐 나갈지도 알 수 없이, 저에게는 아무것도 없는 상태였습니다. 그저 마지막 날이 언제가 될지 점쳐 볼 뿐이었습니다.

장애인 카드를 받고 복지 카드로 뭘 할 수 있는지 살펴보았습니다. 혜택은 '통신료 할인', '전기세 할인', '가스비 할인' 정도라고 했습니다. 장애인 연금 같은 걸 받으려면 장애가 2종 있어야 하고 재산이 일정 수준 이하여야 한다고 했습니다. 보호자의 재산도 재산 기준에 포함된다고 했습니다. 저는 전기세나 가스비, 통신료 절감 정도의 혜택을 보았습니다. 나중에 알아보니 기차푯값도 반액 할인을 받을 수 있었습니다.

병마와 싸우고 있었던 나날들로 미래를 잃어 가는 마음이었습니다. 두 번의 폐쇄 병동 입원과 10년간 계속되었던 부작용, 특히 3년간의 심각한 약물 부작용은 끝나지 않을 것 같은 삶의 위태로운 고통과 내 마지막 순간이 어떻게 다가올지에 대해 상상을 하게 했습니다.

부작용과 함께하는 나날, 투병의 나날은 괴로운 것이었습니다. 대학 병원에서의 치료를 마치고 감정 상태가 들쑥날쑥했고, 동공이 제 멋대로 너무 올라가는 것 때문에 기본적인 의식주조차 자유롭게 하지 못했습니다. 동공이 올라가면 무조건 침대에 누워서 동공이 내려가기를 기다려야만 하는데, 그런 상황에서 취업은 꿈도 못 꾸었습니다.

몇 년간 침대에 누워 있어야 하는 생활로 제가 얻은 것은 인내입니다. 하고 싶은 것을 하지 못하고 계속 누워 있어야 하는 생활을 통해 인내와 절제, 인성의 유함을 터득하게 되었습니다. 자연히 조용하게 누워만 있으니 그 상황에서는 그 상황대로 제 마음을 고를 수 있었습니다.

눈 땅김과 누워 있는 상황이 계속되었습니다. 2년 동안 정신이나 건강이나 모든 감각들이 무언가에 짓눌려 있었습니다. 지금 생각해 보면 일종의 수행을 한 것이나 다름없다는 생각이 듭니다. 모든 게 큰 바위에 깔려 있는 듯했던 생활과 앞의 치료 기간을 합산해 보면 저는 거의 10년째 고생길 위를 걷고 있었습니다.

기적은 마음을 다 접어 버렸을 때 일어났습니다. 대학 병원 치료비는 비싸고 차도는 없고 희망도 없었던 그 당시였기에, 그때는 최악의 상황이라 판단했고 치료의 금전적인 낭비를 줄이고자 했습니다. 그래서 간 곳이 부산의 어느 지역에 있는 ○○○신경정신과 병원이었습니다. 거기서 저는 예전 주치의와 재회했던 것입니다. 그때의 저는 정말로 부정적이고 자포자기의 심정까지 갔던 때라 치료는 아예 기대하지 않았습니다.

그래도 상태가 더 나빠지면 내 모습이 좋아지지 않을 것이니 당시의 상태를 유지를 해야만 했습니다. 인생을 끝마친다는 것은 곧 집과 부모님과의 이별을 하게 되는 것이라고 생각하고 있었습니다. 스스로 아무것도 하지 못하는 상황에 대한 마지막을 나름의 생각으로 준비하고 있었습니다.

약을 조절해 주셨는데 처음의 약은 잘 맞지 않고 어지러움과 메스꺼움과 두통을 동반했습니다. 몇 번이고 약을 바꾸었는데 나아지지 않았습니다.

그러던 어느 날이었습니다. 약 조절을 위해 병원을 방문했을 때 부정적인 말들을 혼잣말로 중얼중얼하고 있었습니다. "낫지 않을 거야. 나을 수 없을 거야."라고 했습니다. 그때 원장님이 "만약 나아지지 않으면 내가 책임지고 해결해 줄게." 하셨습니다. 그 말을 들으니 이 사람이 뭘 믿고 이야기하는 건지 의문이 들었습니다.

바로 병원 약을 타서 먹었습니다. 30분 정도는 머리가 땅했지만 약은 바로 듣기 시작했고, 오랫동안 걷거나 하는 상황에서 발생하던 눈땅김 현상은 나오지 않았습니다.

너무나도 기뻤습니다. 어떻게 약물을 똑같이 썼는데 결과가 다를 수 있는지 말입니다. 기뻐하며 약이 잘 듣고 있는 것에 감사했습니다. 저녁에 돌아와서 푹 자고 아침에 일어나 보니 가뿐했습니다. 다행이었습니다.

인생을 다 포기하려던 순간에 ○○○신경정신과의 박 원장님께서 도움을 주서서 인생을 포기하지 않을 수 있었습니다. 그때가 2010년 쯤이었을 것입니다. 제가 30대에 돌입한 시점이었습니다.

이 책은 중증 장애인이 고군분투하며 들어간 일자리에서 겪은 투병 수기입니다.

첫 번째 책과 같이 두 번째 책도 끝까지 다 읽으셔야

내용을 모두 파악할 수 있습니다. 중도에 포기하시지 말아 주세요.

Contents

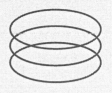

1

장애인협회의 근로자

10년 정도의 투병 끝에 조금씩 나아지고 있었을 때, 나는 30대 초반이었다. 무슨 직업을 가져야 할지도 모르겠고, 나에게 있는 것은 겨우 고등학생 때 딴 워드프로세서와 정보처리기능사, 그리고 인터넷정보검색사 자격증뿐이었다. 그리고 4년제 대학교 인문학 학위증과 졸업장이 있었다.

처음부터 업무 강도가 높은 직업을 선택하는 것은 피해야 했다. 가끔씩 동공이 제멋대로 올라가는 부작용이 있었기 때문에 크게 무언가를 이루거나 할 수는 없을 거라 생각했다.

조금씩 적응할 수 있도록, 나아질 수 있도록, 훈련이 필요했다.

인터넷 서치 중에 동사무소에서 알선할 수 있는 부분에 대해 읽은 바가 있었다. 그래서 입수한 정보대로 전화해서 물어보고 알아본 그다음 날, 동사무소에 일자리 알선 신청을 했다.

몸을 어느 정도 쉬어 줘야만 하는 기간 동안 간단하게 할 수 있는 일자리를 찾고 있었다. 마침 장애인을 대상으로 하는 구청 일자리 사업을 안내받았고, 그렇게 해서 구청 일자리 사업에 참가하게 되었던 것이다.

그 결과 주 5일로 사무실 청소를 하는 일을 맡았다. 구청에서 사전 소집이 있던 날 근무자 리스트를 받았는데, 나는 장애인협회에서 사무실 청소를 하게 되었다. 함께 청소하는 사람들은 70~80세 정도가 넘은 두 명의 아저씨들이었다.

그분들에게 눈도장을 찍고 싶어서 일찍 찾아가서 인사를 드렸다. 그리고 나에게 배정된 일을 시작했다. 구역을 나눠서 청소를 했는데, A 아저씨는 화장실 청소를 했고 B 아저씨는 사무실을 청소했다. 나는 작업장 청소를 도맡아서 했다.

청소가 업무적인 면에서 어렵진 않았지만 사람들이 있는 곳에서 청소를 해야 되니 어느 정도의 매너가 필요했다. 장애인협회에서 일곱 명 정도 되는 사람들이 철선에다가 부직 섬유를 붙이고 있었다. 철선의 피복을 벗겨서 하는 작업들이 있었는데, 항상 철선에 붙이는 부직 섬유에서 떨어지는 잔해들이 먼지가 되어 바닥을 더럽게 만들어 늘 청소해야만 했다.

대걸레를 물이 가득 든 통에서 빨고 헹구고 세제를 칠해서 그걸로 사무실 바닥을 닦았다. 다시 대걸레로 세제를 닦고 그다음 또 깨끗하게 행군 걸레로 한 번 더 닦았다.

일종의 수습 기간이 지나면서 나는 자연스럽게 청소하는 아저씨들과 친하게 지내게 되었고, 작업장에서 단순 손작업을 하는 아저씨들과 말도 섞으면서 친하게 지냈다.

일을 마치면 장애인협회 공터에는 항상 오일장이 섰는데 거기서 한 달에 한 번씩 음식과 술을 같이 먹었다.

기뻤다. 앞날을 예견할 수 없었던 상태의, 마지막을 생각하고 있었던 젊은이가 이렇게 일을 하면서 좋은 사람들과 술과 안주를 나누어 먹을 수 있다니 말이다. 지금도 그때를 생각하면 좋았던 기억밖에 없다. 어쩌면 작은 일일 수도 있겠지만, 내 인생에 벚꽃이 피었던 순간이라 생각한다.

일이 거의 끝나 갈 시기에 작업장의 엄 선생님과 친해졌다. 한번은 뷔페에 같이 가자고 이야기해 주셨다. 호의를 감사히 받아들여 남포동에 있는 고기 뷔페에 함께 갔다.

나를 포함해 네 명이 갔고 두 명씩 짝지어서 고기를 먹었다. 고깃집에는 서양인들이 많이 있었고, 더러는 중국인이나 일본인들도 있었다.

고기를 많이 먹지는 못하고 있었는데, 그럴 때마다 "많이 먹어."라며 마음껏 먹으라고 이야기해 주셨다.

고기를 다 먹고 감사의 인사를 하고 나는 따로 나왔다.

일이 끝나 갈 즈음, 과장님께서 "장애인협회에 문서 수발로 1년 근무를 해 보는 게 어떻겠냐?"라고 물어봐 주셨고, 나는 해 보겠다고 말씀드렸다. 구청에 신청하라고 말씀해 주셨는데 나는 동사무소에다가 장애인 복지 일자리로 이야기해서 신청했다.

그렇지만 동사무소에 신청을 했을 때, 심사할 때의 분위기가 뭔가 딱딱하고 께름직했다. 두 명의 동사무소 직원 중 신청을 받던 직원이 나가 버리고 바로 옆사람이 서류를 받아서 몇 번 본 뒤에 나를 귀가시켰다.

발표 날을 기다렸는데, 합격하지 못했다.

일주일에 세 시간 정도의 일을 하는 부분에서는 별 힘든 점은 없었던 것으로 기억한다. 장애인협회는 출퇴근 때 버스를 타고 가야 했다. 오전 7시 30분쯤에 출발해 가서 일을 했다. 장애인협회의 사무장이 휠체어를 타고 다니는 분이라, 차를 타고 주차장에 도착하시면 우리가 마중을 하곤 했다.

일은 오전 9시에 시작했고, 청소 업무나 파쇄 같은 일들을 도왔다. 근로는 정말 청소가 주 업무였고 단순했기 때문에 힘든 점은 없었다. 스트레스도 없었고 어려운 것도 없었고, 그때 나의 마음가짐은 '재활'에 있었기 때문에 나는 그 의지로 열심히 했다. 그렇게 1년을 지냈고 무사히 근로 기간을 마치게 되었다.

협회 담당자들과 친하게 지낼 수 있었고, 협회에서는 나에게 단순 작업 업무를 가르쳐 일용직 노동자로 쓰려고 단순 손작업의 일도 한 번 시켜 보기도 했다.

마치면서 재활을 잘했다는 기분으로 협회를 나왔다. 다른 곳에 취업할 때마다 들러서 인사드리기도 했지만, 알던 사람들이 많이 나가고 직원들이 많이 바뀌어서 이제는 들르지 않는다.

취업의 공략 사항으로는, 할 수 있다는 의지 표출이 중요했던 것 같다. 장애인이어도 할 수 있다는 것을 어필하는 것도 중요하겠지만, 그 결심이 마음속에서 우러나오는 것이 우선일 것 같다. 자기소개서에서는 대학교 생활에서 했던 일들을 어필했고 자신감이 있어 보이도록 썼다.

2

동네 패스트푸드점의
장애인 크루

"패스트푸드 메인의 그 사람
빨갛고 특별한 날, 축하 홍보
여러 가지 일을 하는 유능한 장애인 크루
스피닝 하면서 열심히 운동하다
월권행위였던 사례로 그만두다"

장애인협회를 거쳐, 동네 패스트푸드점에서의 작은 새 출발이 시작되었다. 마침 장애인 알선 고용 기관에서 알아보고 알선해 주었다. 그래서 열심히 서류를 쓰고 자기소개서를 썼다. 항상 자주 들르는 패스트푸드점이지만, 어떻게 될지 생각해 보며 긴장과 설렘으로 연락을 기다렸다.

서류를 제출하고 3일이 지났던가? 장애인 알선 고용 기관에서 연락을 주었다. 집 근처에 있는 패스트푸드점의 서류 심사에 통과했다는 이야기를 들었고, ○○일 ○○시까지 매장으로 방문하라는 요청을 받았다. 면접을 준비해야 된다고 하셨다. 일단 연락을 받았으니 자기소개서에 썼던 것을 하루 종일 읽으며 면접 준비를 했다. 면접에선 이력서와 자기소개서에 있는 내용을 기반으로 물어볼 테니까.

자기소개서를 들고 패스트푸드점에 30분 정도 일찍 가 있었다. 마침 알선해 주셨던 인사 담당자께서 오셔서 인사를 하고 들어갔다. 안에는 나 말고도 두 명이 더 대기하고 있었다. 한 사람은 혼자서 면접에 온 듯했고, 한 사람은 중년의 여성분과 동행했다. 내 생각으로는 아마 그 면접자의 어머니이신 듯했다. 그렇게 세 명이 앉아 있었고, 면접관의 직함을 당시에는 몰랐지만 나중에 이야기를 들어 보니 그 분이 부지점장이셨다.

부지점장께서 여러 가지를 물어보셨고, 1분 자기소개를 부탁하셔서 자기소개를 했다. 두 명의 면접자들보다 내가 잘했다고 생각하지는 않았지만, 1분을 여유 있게 썼다고 생각했다. 그때 다른 분의 답변으로는 "이 패스트푸드점의 감자튀김을 좋아한다."라거나 "패스트푸드점을 자주 방문한다."라는 등의 이야기가 있었다. 그때는 내가 뒤처진다는 생각을 했다. 그 면접자들의 대답이 기업 입장에서 호감을 느낄 만한 답변이라 생각했다. 뭔가 차별화를 해야 된다고 생각했고, 나는 장애인협회에서 일했던 경험을 이야기했다. "저는 장애인협회에 1년간 근무해 청소나 잡일을 잘하는 편입니다."라고 이야기했다.

면접은 이래저래 끝났고, 세 명 다 마음에 들어 하지 않는 듯 보였다. 평가는 나중에 나오겠지만 어떻게든 면접은 끝이 났다. 다들 편하게 면접을 본 것 같진 않았다. 나도 장애인협회 1년 일한 것 가지고 합격할 것이라는 생각을 가지고 있지는 않았다. 다른 사람들의 경력을 알지 못했고, 무조건 내가 그들보다 잘했다고 느낀 것도 아니었기 때문이다. 그래서 마치 나의 등을 보이는 것 같은 느낌으로 집으로 돌아갔다.

얼마 지나지 않아서 장애인 알선 고용 기관의 인사 담당자께서 전화를 주셨다.

"합격되었습니다. 축하합니다."

너무나 기뻤고, 다시 근로할 수 있게 된 것에 연신 감사를 드렸다.

"○○일 ○○시까지 방문해 주세요. 보건증도 만드시고 사진이랑 등본, 통장 사본도 가져오세요."

알았다고 말씀드리고 끊었다.

한 일주일 정도 시간이 있었고, 보건소에서 보건증을 만들고 구청에서 등본을 뗐다. 통장도 복사했다. 정식적인 주 5일의 첫 준비 시작이 나쁘지 않았다.

마음을 편하게 먹고 임했던 면접에서 통과했다. 나중에 보니 부지점장은 나와 같은 나이였고, 가장 낮은 자리에서부터 올라간, 자수성가한 사람이었다. 그때 '패스트푸드점 부지점장까지 된 걸 보면 엄청난 끈기와 노력이 있었겠다.'라는 생각을 했다.

면접이 끝나고 그 후에 점장을 만나서 인사를 나누었다. 이후 함께 일하며 오랫동안 그 사람을 보니, 까탈스러운 분위기를 풍기고는 있지만 자세히 보면 맡은 일을 열심히 하는 사람으로 생각되었다. 무언가 어려운 사람처럼 보이진 않았다. 사실 일하면서 느끼기론 좀처럼 마음을 쉽게 열어 주는 사람은 아니었기에, 서로 오해가 생기는 일들도 종종 있긴 했다.

주문하면 되는 유니폼이 있었지만, 활동성에 지장을 준다는 이유로 부지점장은 편한 옷으로 지급해 주었다. 배려를 해 주었다는 생각이 들었다.

패스트푸드점에 그렇게나 많은 행사가 있는지 몰랐다. 어린이날 되면 어린이날 행사, 스승의날 되면 스승의날 행사, 추석이면 추석 행사, 설날이면 설날 행사, 그렇지만 소비 촉진보다는 지역사회와 함께하는 행사들이었고, 가격 인하나 선착순 무료 이벤트 등 캠페인 성격의 행사들을 이어 나갔다.

그것을 보면서 사회 공헌에 대해 생각하게 되었고, 그게 이 패스트 푸드점의 방침이라는 생각을 했다. 일할 때 보면 점장은 스마트폰으로 늘 무얼 많이 적고 있었다. 가족 같은 분위기를 주지는 않았지만 마치 동네 누나 같은 느낌이었고, 많은 사람을 챙겨 주는 사람이었다.

야유회를 갔을 때는 내가 8월의 '이달의 크루'로 선정되어 고급 화장품을 선물받았다. 야유회 동안에도 점장은 서류들을 가지고 뭔가 열심히 쓰고 있었고, 서류 더미 속에서 일하던 점장은 어느새 잠이 들었다.

나중에는 서운한 일들도 생겨 참고 참아야 했지만 그것이 쌓이다 보니 잠깐씩 마찰이 생겼다. 근무를 6개월째 하는 시점에는 스피닝을 하면서 몸을 만들었다.

버거 이벤트가 있어서 참가했던 때에는, 점장이 두 개의 버거를 챙겨 주기도 했다.

어느 날 아침이었다. 테이블에 있었던 지갑을 분실물로 알고 가져다주었다. 나중에 주인이 찾아갔는데 돈이 없어졌다 했다. 경찰이 출동했고 CCTV를 보았는데 내가 지갑을 열었다는 증거는 없었다. 그렇게 일단락되고 나니, 지갑 주인이 자기가 되려 죄송하다며 사례를 했다.

한 번씩 아침 크루가 쉬는 경우가 있으면 점장은 자재 받는 일을 나에게 시키기도 했다. 몇 번 써먹기도 했고 좋았다. 나나 점장이나 서비스업에 종사하는 사람들이고 일에 몰두하는 성향이기에, 성공을 바라보고 그것을 향해 나아가고 있는 것이라 느꼈다.

어느 날 점심이었다. 나는 오전 일을 끝내고 매니저에게 식사하러 간다고 말한 뒤에 식사를 받고 휴게실에서 식사를 했다. 뭔가 골똘히 생각하고 있었는지 햄버거가 넘어가지 않았고, 아무 생각 없이 일어나 나갔더니 딱, 점장과 마주쳤다. 점장은 나보고 10분 늦었다고 지적했고, 그 말하는 표정과 태도 면에서 나나 점장이나 서로 개운하게 받지도 주지도 못했다. 그 지적 사항이 맞는지 매니저를 통해 CCTV를 돌려 확인하려고 시도했다. 그 사실을 점장이 알아채고 나에게 실망했는지 얼마간 나와 말을 섞지 않았다. 그러곤 어느 비 내리는 조용한 날에 나를 개인적으로 식사 시간에 불러 해고 통지를 했다. 그때의 일을 지금 생각해 보면 내 잘못이었다. 이 지면을 빌어 사과하고 싶다. 그 회사에서 있었던 일들을 생각해 보면, 점장은 정말 성공을 향해 가는 사람이었다고 생각한다. 그렇게 성공을 좇았기에 얻은 것도 있지만 잃은 것도 있으리라 생각한다.

해고 통지를 받은 건에 대해서 실업 급여를 신청하려 했으나 받아들여지지 않아서 본사에 항의했고, 점장은 휴가 중이라 회사에 여러 번 왔다 갔다고 했다. 결국은 해고당한 일에 대해 소명했고, 해고 사실이 인정되어 실업 급여를 받으며 일이 끝났다.

✦ 특이 사항

이력서와 자기소개서를 준비하고, 면접 스피치 때는 전 직장인 장애인협회의 이력을 중점적으로 어필했다. 청소나 기타 잡일에 능통하다고 이야기했고 열심히 하겠다고 했다.

실제 업무는 매장 관리 및 잡무였기 때문에, 업무를 할 때 체력에 부치는 경우가 여러 번 있었다. 그때마다 현기증이 났고 눈이 파르르 떨려서 힘들었던 적도 있었다.

한번은 자기 전에 약을 먹지 못하고 근로를 했다. 아침 약만 먹고 하루를 버텨 보려 했으나, 퇴근 한 시간 전 속이 메스껍고 어지럼증이 너무 심해졌다. 부점장에게 30분 쉬었다 오면 안 되겠냐고 양해를 구한 뒤 조금 쉬었다.

체력을 쓰는 일이었고, 반나절 만에 100리터짜리 쓰레기가 대여섯 봉지씩 나오고 폐기름도 한 가득 나오는 곳이라 힘이 있어야만 근무를 할 수 있는 곳이었다.

매장이 낡았다 보니 음식 조리하는 곳에 기름이 많았고, 기름기를 제거하려고 닦아도 금방 다시 기름으로 뒤덮여 있었다. 나도 닦았고 매니저도 닦았고, 모든 직원들에게 항상 찌든 때를 제거하는 일이 1순위였다.

본사에서 파견 나온 OC 담당자가 와서 매장을 체크하고 매장 관련 어시스턴트를 하면 점장은 그걸 참고하면서 설명했다. OC 담당자가 오기 전에는 점장이 불같이 청소를 시켰고, 체력 소모가 많은 일들을 해야 했다.

일을 할 때 가끔씩 눈이 파르르 떨리기도 했는데, 참아야만 했다. 다른 곳에 집중하려 노력했지만 그마저도 에너지를 쓰는 일이었다. 어느 순간부터는 잠시 오는 폭우라 생각하고 정신적인 필름이 끊기거나 영향을 받아도 그대로 무시하고 지내기도 했다.

그러한 고통이 있어도 근로를 멈추지 않았다. 식사는 패스트푸드만 나왔기에 체중이 조금씩 불었고, 6개월째 되던 때에는 상가의 스피닝장에서 일주일에 세 번씩 운동을 했다. 열심히 해서 그런지 한 달에 2킬로그램씩 체지방이 빠졌고, 나는 그렇게 계속 잘될 줄만 알았다.

사실 별일이 없었다면 계속 치고 나갔을 것인데 뜻대로 되지 않았기에 1년 근무로 끝냈다.

후에 직업이 구해지지 않아서 크루로 재지원을 했을 때는 연락이 오지 않고 받아들여지지 않아서 지원을 포기했다.

3

대학교 병원의
병동 간호 보조

다시 실직했다. 이직을 위해 다시 장애인고용공단에 의뢰했다. 의뢰하니 ○○대학교 병원에서 대규모 채용이 있었다. 병실 관리와 시트 관리 등등의 잡일 관리였다. 장애인 50명 정도의 인원이 면접을 봤고, 면접은 병원 대회의실에서 진행되었다. 주위를 둘러보니 정장을 입고 면접을 보러 온 사람은 나뿐이었다. 내가 자기소개를 할 차례가 되었다.

"안녕하십니까? 사람이 먼저다. 사람을 먼저 생각하는 지원자 신진행입니다."

그때 거기에 있는 사람들이 다 처다보았지만 나는 아랑곳하지 않고 면접을 봤다. 내가 어필할 수 있는 것이 장애인협회에서의 근로와 패스트푸드점의 근로였기에 그 경험들을 중점적으로 이야기하며 면접을 보았다.

연락이 없는 동안 면접 결과는 알 수 없었고, 나는 그냥 기다렸다.

드디어 결과가 알려졌고, 결과는 합격이었다. 나는 중증 장애인 간호 보조로 분류되었다. 다른 분들과 차를 타고 같이 갔다. 병실 관리

내 마음속의 신을 움직이다_직업사회 편

였다. 침대 시트를 벗겨 내고 그곳을 소독제로 소독한 다음에 베개와 보호자 침대 등등을 갈아 끼웠다. 그 일들을 병동에서 돌아가면서 했다.

나와 같이 있었던 사람들 중에는 나보다 어린 사람들이 많이 있었다. 나이가 어느 정도 있었던 나는 조금 필사적이었던 데 반해 대부분이 실습 때 나보다 열심히 한 사람은 없었던 것 같다. 나는 그렇게 한 달 실습을 하고 정규로 갔다.

정규로 가니 ○○병동으로 배정받았고 그곳에서 일을 했다. 금품수수 관련 서약을 하라 하셔서 그렇게 했다. 그리고 온라인 수업을 들어야 된다고 하셔서 그것도 들었고, 신입에 대한 교육으로 심폐 소생술 교육과 소방 관련 교육도 받았다.

내가 속한 병원은 입퇴원 환자가 많은 곳이었다. 이비인후과, 정형외과, 치과, 안과 환자들이 몰려 있는 병동이었고, 침상 정리는 15회 이내를 왔다 갔다 했다.

간호조무사도 나이가 있는 중년의 선생님이셨고 나에게 잘해 주셨다. 몇 년간 학교 행정실에서 일했다는 이야기도 했었고, 우애로운 분위기에서 지냈다.

조금 이해가 되지 않는 일들도 있었다.

실습 기간에 우리는 식권을 받았는데, B조 사회복지사가 굉장히 짜증이 났는지 장애인 실습원에게 시비를 걸고 있었다.

그 현장에서 같이 식사를 기다리던 내가 식권을 실수로 떨어뜨렸다.

"너는 이 식권 없으면 못 살지? 밥 못 먹으면 안 되지?"

그 사회복지사가 그렇게 험담식으로 엄하게 말을 하기에 나는 그냥 듣고 있다가, 참지 못하고 대놓고 화를 냈다. 사회복지사의 그러한 행동으로 나는 일 마치고 공단에다가 연락을 했다. 사회복지사가 왜 그런 행동을 했는지 이해가 되지 않는다고 말이다.

계약직으로 일하게 되었던 그다음에는 아래층의 간호조무사가 대뜸 오더니 반말로 사람 약을 올리는데, 정말 무례하다고 생각했다. 같이 일하는 병동의 조무사에게 그 사람에 대해 물어보니 "생각보다 어린 친구야."라고 하서서 그렇게만 알고 있었다.

어느 날이었다.

점심을 다 먹고 편의점에서 아이스크림을 사서 먹고 있었는데 아래층의 다른 조무사 무리가 왔다. "진행 씨. 아이스크림 한 입 좀 주라." 그래서 나는 하나밖에 없다고 했더니 주변에서 꺄르르 웃었다. 그러고는 "애인이네."라고 그들 중 한 사람이 한마디 흘리고 갔다.

나중에 다시 우리 병동에 왔을 때 그때 그 사람이 나에게 아는 척하며 반말을 하기에, 내 나이를 알려 주기 위해 대학교 학번을 이야기해 주었다. 그때 우리 조무사가 "학번을 이야기하면 나이를 알 수 있지 않나?" 하며 거들어 주었고, 그 아래층 간호조무사는 나이를 가늠해 보더니 놀란 표정이 되어 나갔다.

사회복지사의 행동이 그렇게 좋지 않았다. 하지만 병원에서 일하는 동안 근로자의 입장에서 생각해 보니, 일은 다르지만 결국은 그도 같은 근로자인 것이라 생각하게 되었다. 그래서 나는 그를 품어 주기로 했고, 아래층 간호조무사도 품어 주려 했지만, 그 사람은 얼마 있지 않아 계약 기간이 끝나서 결국은 몇 번 마주치지도 못하고 퇴직하게 된다.

어느 날 병동의 집기들을 관리하고 닦으라는 명령이 들어왔다. 안 쓰던 신관의 병동 하나를 쓰는 계획이 있었나 보다. 그래서 한 병동 통째로 병실에 있는 집기들을 구석구석 닦는 일을 했다. 20여 개의 병실에서 먼지가 없어지도록 침구나 가구들을 닦았고, 보건에 쓰이는 소독 약품으로 닦아 소독을 했다.

이 작업은 일주일간 틈틈이 계속되었고, 오후 시간에 짬을 내서 병실을 닦았다. 수고한다며 병동 간호사가 음료와 마실 것을 가져다주었고, 서로 인사를 나누었다.

1년 차 지나니 이제는 심혈관 질환 병동에 있는 집기들을 닦으라는 명령이 내려왔다. 한 달 동안 세 명이 한 조가 되어 병실의 노후화된 침상을 가져와 청소를 하는 일이었다. 나는 같이 들어온 두 사람과 ○○병동의 산업용 엘리베이터 앞으로 병실의 조금 낡은 침상을 끌고 와, 청소 도구들을 들고 침상을 닦았다. 몇 년이나 되어 전체가 너무나 더러웠기에 생각보다 일이 만만치 않았다.

같이 들어온 두 사람은 생각보다 열심히 하지 않았다. 둘은 장난을 치기 바빴던 것으로 기억한다. 내가 리더십을 가지고 강제로 일을 시켰지만 그 사람들은 시키는 일만 했지 열심히 하지 않았다.

하루는 침상을 닦는 나보고 이런 말을 했다.

"진행아. 너무 열심히 하는 거 아니냐? 그렇게 열심히 할 필요 없어."

나는 "수간호사님 오실 수도 있으니 하는 척이라도 좀 해라."라고 대답했다. 그 둘은 하는 척도 못 하겠다고 손을 잡고 노는데 나는 묵묵히 일을 했다.

그래서 협상이란 것을 했다. 닦아야 되는 부분에 대해 이야기해 주고, 세심히 해야 하는 곳을 지정해 주었다. 나머지 부분은 내가 체크 헤 기면서 닦았다.

다른 해야 할 일이 있는 것은 아니어서 내가 침상 닦기에 20분 정도 더 할애했지만, 아무도 하지 않는 것보다는 내가 하는 것이 낫기 때문에 별 이야기 하지 않고 가만히 두었다.

한 달이 채 남지 않았을 때, 환자가 있는 심혈관 병동에 들어가서 닦는 것을 하라 하셔서 병실에 들어가 닦았다. 수고한다며 두유도 주시고 빵 한 개도 주셨다.

그리고 그 층 담당이신 수간호사가 면담 때 이야기를 꺼냈다.

"옆에들 일 많이 안 하죠?"

"제가 더 하면 됩니다. 퀄리티가 안 나긴 해도 어렵진 않습니다."

"안 그래도 진행 씨 혼자 닦는 모습을 여러 번 봐서. 열심히 해 주는 건 고마워요."

그렇게 인정을 해 주시니 감사했다.

한 달이 끝나고 다시 병동으로 돌아가니 간호조무사가 숨을 헐떡이며 침상 정리를 하고 있었다. 침상 정리와 주 업무들이 과도하게 많이 생기다 보니 힘들어하고 있었다. 그 모습을 보고 힘들어했구나 싶었다.

1년이 지나 계약서를 다시 썼다. 4개월만 더 하고 끝나는 것으로 했다. 수간호사는 섭섭해했고 나머지 사람들도 섭섭해했다. 결국은 1년 4개월 계약으로 침상 관리직은 막을 내리게 된다.

◆특이 사항

이 직장은 이력서와 자기소개서에 앞에 일했던 장애인협회와 패스트푸드점의 이력을 가지고 면접에 임했다. 1년 이상 근속하고 일했던 부분에 대해서 잘 이야기했다. 잘 이야기했어도 합격할지에 대한 기대가 그렇게 크지는 않았다.

50명 중에 20명 안에는 들어가겠다는 생각은 하고 있었지만 기대는 많이 하지 않았다.

결국 합격되어 일하고 있었을 때, 병동 관리와 침상 관리 일을 했는데 10건 이상의 병실 정리를 했다. 요양보호사들과 친하게 지내고 환경 미화 하는 여사님과 간호조무사와 콩 한 쪽도 나누어 먹으며 잘 지냈다.

해당 층의 수간호사는 리더십이 있는 사람이었다는 기억이 난다. 밥차가 어질러져 있을 때 수간호사는 누군가에게 지휘해서 일을 시키면 되는데도 자기가 손수 일일이 치웠다. 나는 그 모습에 감동받기도 했다.

일이 익숙해져도 눈 땅김이나 어지럼증은 간혹 있었지만, 그렇게 큰 소란이나 사건은 없었다. 월급이 적었기에 2년 근무 기간을 전부 채우진 않고, 1년 채우고 4개월만 추가 계약하고 나왔다.

4

국가 행정기관의
사무 실무원

"행정 첫날과 다음 날과 그다음 날의 기적
사무 실무원으로서의 2건의 외근
사주를 보고 같이 가는 식당
마지막으로 쓴 여러분의 편지
끝까지 감사합니다"

　'나라일터'를 통해 구직 활동을 하고 있었을 때, 3개월 단기 공공 기관 근로 공고가 떴다. ○○처 공고에 바로 지원했고 바로 면접을 봤다. 지원을 바로 하고 얼마 남지 않은 마감에 발표까지 빠르게 진행되었고 일단 서류는 합격했다.

　○○처의 조건은 임시직이었고 3개월 근무 기간을 원했다. ○○대학교 병원에서 일했던 이력을 최대한 이용했다. 또한 동네 패스트푸드점에서 어떻게 일했고 어떤 점을 느꼈는지 이력서와 자기소개서에 풀어서 썼다. 위생 관념과 음식에 대한 이해나 사무적인 일을 했던 장애인협회의 이야기를 부각시켜서 썼고, 제출했다.

　면접일에 ○○처에 갔다. 면접자는 아마 다섯 명 정도 나온 듯했다. 나는 이번에도 정장을 입었다. 면접관은 두 명 있었다. 그리고 거기에는 한 명의 대기자가 있었다. 나머지는 오지 않은 듯했다.

　내가 첫 번째 순서로 면접을 보았다. 면접은 순조롭게 진행되었고 나는 성실히 답변했다. 면접을 다 봤을 때쯤에 면접을 다 본 심사위원이 한마디 했다.

"지금까지 살아온 인생은 단면적인 것이고, 앞으로 많은 일들을 경험하게 될 겁니다."

지금 생각해 보면 무언가 떠오를 것 같긴 하지만, 그땐 내 제한적인 상상이 만들어 낸 결론이라 생각하고 넘겼다.

합격 발표는 하루 만에 되었고, 합격자 명단에 내 이름이 있었다. 정말 기쁜 날들이었다. 사실 생활이 어려웠다. 당시엔 조금 궁핍했다.

출근하는 날에 살펴보니 보니 ○○처 건물 벽면이 공사판 벽으로 되어 있었다. 내가 합격한 부서로 들어갔다. ○○○○관리과다. 일찍 가서 여러 사람들과 인사를 나누었다.

안내받기로는, 내가 쓰는 컴퓨터는 본체와 모니터가 각각 한 대였고, 그곳에는 10여 명의 사람들이 일하고 있었다. 첫날은 부서에 있는 사람들에게 인사를 하는 걸로 진행되었다. 자기소개를 하고 인사를 하고 박수를 받고 끝났다.

○○처 직원은 외근을 많이 나갔다. 운전이 필수라는 생각이 들었다. 그렇게 하루가 지났고, 진땀이 났다. 나는 별일을 하지 않았기에 뭔가 조금 불안하긴 했다.

둘째 날에는 ○○처 요원들의 집체 교육이 있는 날이었다. 어르신 분들과 아저씨분들이 계셨고, 강의를 듣고 계셨다. 보조를 요청해 주셔서 나는 보조를 했다. 나누어 드릴 과자를 샀고 주차권을 찍어 내고, 명단 작성 업무를 했다.

사진도 쓰신다고 하셔서 사진 촬영도 했다. 장비는 캐논Canon의 보급용 카메라였다. 그냥 찍었다. 교육받으시는 동안 간식과 믹스커피와 차를 펼쳤다. 한 시간 교육이 끝나고 쉬는 시간에 어르신들이 간식을 집어 가셨다.

개수가 모자랐다. 여러 개 집어 가시는 분들이 계셔서 내가 1인당 한 개라고 말씀드리니 그때부터는 한 개씩 가져가셨다.

"내 옆에 친구가 앉아 있는데 그 친구 몫까지 가져가면 안 될까?"

그렇게 하시라 했더니 다섯 개를 가져가시는 분도 계셨다.

그렇게 두 번째 교육을 마치고 주차권과 명단을 작성하셨다. 그 일들을 겪고 나니 그제야 무언가 업무를 한 것 같은 느낌이었다.

세 번째 날이었다. 출근하니 모든 과의 선생님들이 외근을 나가셨다. 남은 사람은 과장님과 나 둘뿐이었다. 서무 선생님께서 "전화 오는 것이라도 잘 받아 메모해 두세요." 했다. 사무실을 지키게 되었다.

오전 11시쯤 지났을까? 전화가 울렸다.

"감사합니다. ○○○○과 신진행입니다. 무엇을 도와드릴까요?"

어려운 내용이거나 해결이 안 되는 내용은 메모했고, 건물 위치 언급이나 식품과 관련 없는 업무는 다른 곳으로 전화를 돌렸다.

그렇게 해서 하루에 서른 통 가까운 전화를 받고 열 통의 쪽지를 남겼다. 두려웠던 전화받기를 잘 해냈다. 잘 해내니 전화 기록으로 남긴 쪽지를 보시고는 서무 선생님이 잘했다고 칭찬해 주셨고, 스스로 업무 역량이 늘었다고 생각했다.

택배가 올 때도 있고, 우편물을 받을 때도 있었다. 유명 외식업체 브랜드의 식당에서 식권을 사서 점심때 먹었다. 음식은 일반 구내식당 음식이었고, 다들 좋아하지 않는 것 같았다.

다 같이 먹었고, 다 같이 행동했다. 선생님들과 커피, 음료를 함께 마시며 즐거운 직장 생활을 했다.

거기서 내가 하는 일은 고작 전화받고, 쓰레기통 비우고, 가을에서 겨울로 지나는 시점이니 가습기를 틀거나 하는 일이었다. 물론 한 번씩 찾아오는 민원인이 있으면 안내도 하고 서류도 맡아 두고 했다.

탕비실을 보니 음료나 과자들, 믹스커피 등등이 있었다. 이물질 수거하는 전용 냉장고도 있었다. 유통기한이 지난 것도 있어서 언젠간 이걸 치워야겠다고 생각했다. 그도 그럴 것이 90일 이상 지난 것들은 폐기하라고 적힌 안내판이 있었던 것이다.

처음으로 ○○처 선생님과 외근을 갔다. 운전을 잘하시는 선생님이셨고, 내가 조수석에 탔다. 여러 가지 이야기를 했다. 나는 내 이야기도 했고 선생님 이야기에 리액션도 했다. 말투는 그렇게 부드럽진 않았지만 매너 하나는 좋은 사람이었다.

양산의 어느 취수장이 목적지였다. 거기에서 주류를 만드는 업체의 지하수 채취가 목적이었다. 선생님께서 장비를 설치하고 두 시간 뒤에 다시 온다 하셨다.

근처 냉면집에서 냉면을 먹고, 내가 사주팔자에 대해 말씀드리니 자기 사주팔자 풀이를 부탁하셨다. 그래서 생년월일을 받아서 핸드폰 만세력으로 그 선생님의 사주풀이를 하였다. 흙이 많은 사람이고, 사람들이 도와주는 사람이라고 이야기했다. 선생님은 자신도 그런 것 같다는 말투로 답변해 주셨다.

지하수 검사를 다 마치고 시료를 가져갔다. 시료를 가져다주는 연구소가 있었는데, 바다를 끼고 있는 곳이었다. 그리고 복귀하는 게 오후 5시였다. 다 오고 보니 오후 6시였고, 그때 퇴근했다.

다음 날 아침 회의를 했는데 외근이 많고 사무 업무가 적다고 과장이 한마디 하셨고, 실적 관련해서도 이야기하셨다. 다들 열심히 하셨는데 그런 이야기를 들으니 침울해하셨다.

전화를 받고 있다가 넘겨주어야 할 일이 있었다. 그때 돌린 전화는 바로 끊으라고 이야기해 주셨다. 그때가 전화 업무적인 스킬이 가장 많이 늘었던 때인 것 같다.

구내식당 밥이 맛나지 않거나 월급날일 때는 ○○처 선생님들과 근처의 백화점에서 1인 샤부샤부나 불낙볶음 같은 걸 사 먹었다. 그러한 일들이 조금씩 쌓여서 친목을 다지게 되었을 때, 내 이야기를 다른 선생님들께 할 수 있게 되었고 또 다른 선생님의 이야기를 들을 수 있게 되었다. 그러다 보니 어떤 때는 같이 점심때 뭘 먹을까도 고민하기도 하였고 근처 유명한 맛집들을 다니며 먹었었다.

내 업무 중 전화받고, 공문을 읽고, 우편 수발하는 등의 일들은 정말로 초보적인 것들이었다. 부담되지 않는 업무와 열려 있는 업무에 대해서는 굉장히 ○○처에 감사하고 있다.

한 1개월 지나니 4/4분기 전화 평가 수치가 공개되었다. 전화 평가 공문에는 우리 과가 100여 개 과 중에 최종 10위권 안에 들었다는 내용이 써 있었고, 부산청이 3위를 기록했다. 그 공문을 본 사람들 중 과장님이 제일 좋아하셨고, 회의 때 전화 평가가 잘되었다며 기뻐하셨다. 그렇지만 원래부터 실적이 좋은 과였다. 상도 2년 주기로 최우수와 우수를 받았고, 전화 평가도 늘 하위는 아니었다.

두 번째로는 나와 나이가 같은 선생님과 같이 외근을 나갔다. 식품 회수 조사가 목적이었다. 우리는 여러 가지 이야기들을 했다. 해외

제품이나 식품을 무작위로 스무 군데 식자재 마트에서 수거했다. 경상도 쪽을 다 살펴보며 식자재를 파는 곳을 돌았다.

식자재 가게 점주는 우리들이 하는 일을 모르고 있었다. 점주는 일반 손님치고는 너무 이상한 듯한지 유심히 살펴보았다. 어쨌든 수집을 끝냈고, 그것도 연구소에 보냈다.

그러고 보니 오후 5시가 되었고, 그날의 ○○처 업무는 끝나게 되었다.

첫 월급을 받았다. 첫 월급 220만 원. 생애 받아 본 첫 월급 중 가장 큰 돈이었다. 그 월급으로 카드론을 갚았다. 차츰 갚아 나갔다. 집에도 40만 원을 드렸다. 월급이 날 살렸다.

두 번째 월급으로는 190만 원이 들어왔다. 첫 월급보다 적게 들어와서 적자 같았지만 그대로도 괜찮았다.

내가 업무가 거의 없다 보니 모든 전화는 내가 당겨 받았다. 당겨 받은 전화에 대한 응대는 능숙했다. 대화가 음흉한 중년 아저씨의 대화도 있었고, 어떤 점주의 전화도 있었고, 그런 식이었다.

'온나라(행정 포털)'를 통해 공문을 늘 읽고 경험했다. '이사람(인사 관리 포털)'도 사용했다. 처음 경험하는 부분이었다. 출퇴근 관리는 스스로 하는 것이었다.

어느 날 서무 선생님이 부르셨다. 기한이 지난 자료들은 폐기하도록 했다. 폐기는 5년, 10년 단위가 있었는데 기한이 지난 것들은 포대 속에 담아 버려야 했다. 조사하고 버렸다.

사무실에서 내 쪽의 전화가 울렸는데 그 전화를 다른 자리로 돌려야 할 일이 있으면 "○○○ 선생님, ○○○께서 전화주셨습니다. 돌려드리겠습니다."라고 이야기하고 돌려 드렸다. 그렇게 하면서 전화 스킬을 익혔고, 비공개 문서에 대한 취급에 대한 판별을 할 수 있었다.

한가할 때는 외근 나간 선생님의 자리에 쓰레기가 있거나 도자기 컵이 있으면 씻어서 자리에 뒤집어 놓고 간 적도 있다. 그걸 본 선생님은, "고맙네. 앞으로 내가 할 수 있으면 할게." 하셨다.

전화로 쪽지를 남길 때, 관련 내용까지 적어서 썼다. 전화 스킬이 조금씩 늘게 되었다.

3개월이 채 남지 않았을 때, ○○처 식구들을 위해서 편지를 썼다. 내용은 내 마음을 담아서 썼고, 나가기 전에 드릴 생각이었다.

나가기 전 회의 시간에 연하장과 편지를 돌렸다. 다들 감동하셨고, 과장과 사무장은 무표정이었다.

내가 나가는 기념으로 사무장님이 한턱내셨다. 감사히 먹었고, 같이 음료를 마시며 돌아왔다.

업무가 끝나갈 즈음에 과장의 쓰레기통에서 내 연하장이 나왔다. 그 순간 기분이 나쁘지는 않았지만, 퇴근 후에는 본능적으로 술이 필요하다고 느껴 서면의 칵테일 전문점에 갔다. 혼자 술을 시켜서 마셨고, 약간 취했다. 하지만 생각해 보니 과장은 그럴 수밖에 없으리라 싶었다.

그리고 나가기 전 어느 날 다면 평가를 하라는 연락이 왔다. 다면 평가? 그게 뭐지? 상급자를 대상으로 점수를 매기는 평가였다. 나는 평가했다.

과장은 얼마 뒤에 자신이 다면 평가를 받은 결과에 관해 무슨 말을 했지만, 그게 무엇을 의미하는지는 난 생각하지 않았다. 한 번씩 이야기할 때가 있었다.

　　　　　　　　　　　　　내 마음속의 신을 움직이다_직업사회 편

나가기 전에 인사를 드리고 감사하다 하며 '카톡'으로 종료를 알렸다. 다들 고맙다고 글귀를 올려 주셨고 끝났다.

2021년 12월 마지막 날에 나는 ○○처 근무를 마쳤다.

✦ 특이 사항

대학 병원의 진로를 끝내고 우연히 보았던 공고였다. 3개월 임시직이었고 장애인만 뽑는다는 공지였다. 그리고 다음 단계는 공공 기관을 밟아 보며 역량을 늘려 볼 생각이었다.

이력서와 자기소개서는 장애인협회와 패스트푸드점과 대학 병원 이력을 넣었고, 위 세 개의 일자리에서 일했던 점을 어필했고 최근에 일했던 대학 병원의 일들을 적으며 자기소개서를 작성했다.

내가 먼저 ○○처에 도착했다. 습관이 되어서 그런지 도착 시간이 30분 정도 빨라졌다. 면접자는 세 명 정도 되었고 기다리는 동안 한 사람이 더 왔다.

면접에선 대학 병원 등 앞서 일했던 부분을 어필하고, 경험이 있으니 잘할 것이라는 점을 어필했다. 면접관 중 한 명이 면접을 잘 봤지만 조금 세상에 많은 경험이 필요할 것 같다고 했고, 넓은 세상을 보는 눈을 가지라 했다. 인사를 하고 나왔다.

합격한 뒤, 3개월 동안 전화받기나 행사 보조 등등의 일들을 했고, 온나라에 접속해서 공문들을 읽었다. 일하는 느낌을 주기 위해 관련

성이 없는 공문까지도 꼼꼼히 보았다.

근로는 오전 9시부터였고, 시간 조절을 해서 연차를 만들 수 있었고, 조기 퇴근 할 수 있는 시스템도 있었다. '이사람(인사 관리 포털)'이라는 관리 프로그램에서 연차 신청을 할 수 있었다.

행정기관의 결재 시스템을 알게 되었다. 나의 경우에는 내 직급인 사무 실무원이 기안하면 사무관이 결재하고 과장이 전결하는 순으로했다. 그때는 일이 단순했기에 월차를 쓰는 것을 허락받는 결재를 했다.

증상이 드러나는 경우도 있었다. 눈이 몇 번 땅겼고 그때는 화장실에 가서 얼굴을 씻었고 손으로 눈을 몇 번이고 비볐다. 그렇게 했다.

'선생님' 호칭을 받고 일한 곳이기도 해서 공공 기관 첫 발자국의 임시지만 무언가 '첫 데뷔'를 한 것 같았고, 그렇게 어렵지 않았으며, 기쁘게 일했다.

5

부산의 한 개발원의
청년 인턴 직원

“처음 보는 멘토
장애인에게 주는 업무
직장 문화의 건전함
인턴의 이름으로
서류 결재도 식사도 공무 집행
지금까지 나는 뭘 한 거지?”

마지막… 비 오던 그날….

실업 급여도 없었고, 수중에 돈도 없었다. 그래서 카메라를 팔아야 겠다는 생각을 하고 있었을 때, 의외의 곳에서 운이 찾아왔다.

부산의 어느 개발원에서 청년 인턴을 모집하고 있었는데 그때 내 나이가 34세였다. 마지막 인턴을 할 수 있는 나이였지만 정말 마지막 이라 생각하고 이력서와 자기소개서를 제출했다.

면접을 보러 오라는 문자를 받고 갔다. 입던 옷이 맞지 않아서 긴 코트를 입고 면접을 보았다. 모두 네 팀이 있었고 한 팀에는 각각 네 명씩 있었는데, 내가 속한 팀만은 세 명이서 면접을 보았다.

대답은 자신감 있게 했고, 자신감 있는 대답 뒤에는 또 모두들 하 려는 일에 대한 애착을 가지고 열정 넘치게 답변했다. 그 답변을 하 고 마치고 나왔다.

다음 날에 청년 인턴의 장애인 전형으로 내가 합격했다는 소식을 받았다. 계약 기간은 5개월이었고 3월 2일자로 임용되었다. 드디어 일을 하러 갔다. 해운대 쪽에 있는 곳이었고, 나는 아무것도 모르는 채로 갔다.

멘토 제도가 있어서 나에게도 멘토가 있었다. 멘토는 팀장급인 사람이었다는 것만 알았다. 잠시 사무실로 범상치 않은 사람이 등장했는데 모두들 그에게 인사했고 나는 아무것도 모른채 굳은 자세로 가만히 있었다. 그 사람은 팀장이었다. 이후 팀장을 만났다. 팀장이 자기소개를 하고, 무엇을 하는지 알려 주었다. 알려 주는 것이 머릿속에 하나도 들어오지 않았다. 그런 상태의 머리로 뭔가를 하는 것은 어려웠다.

친절히 알려 주셨고, 궁금한 것이 있으면 언제든 물어보라 하셨는데, 정말 모르는 일이 있으면 "실례합니다, ○○○ 팀장님." 하고 말씀드렸다. 그렇게 하니 친절히 가르쳐 주고 알려 주셨다.

마침 2020년 4월에 『내 마음속의 신을 움직이다』가 발매가 되었다. 그래서 같이 점심을 먹을 기회가 있을 때 부장님께 말씀드리니 "우리 사내 게시판에 올려 드려." 하셔서 올려 드렸다. 그걸 보고 몇몇 분들께서 사인을 받으러 오셨다. 그러면서 "내 주위에 출판하는 작가가 있을 줄은 몰랐다." 하셨다.

인턴이기에 수료하는 제도가 있었다. 토론식의 강의였고 다들 열심히 듣고, 말하고 필기했다. 조금 시간이 남았을 즈음에 식사를 권하는 문화가 있는 대한민국답게, 인턴 중 한 명이 인턴끼리의 식사를 제안했다.

예약은 내가 했다. 공손히 예약과 먹을 음식을 주문하여 썼지만, 정작 당일에 갔을 때는 내가 예약한 것이 쓸모없게도 인턴들이 일반석에 앉아 버려, 음식을 다시 주문해야만 했다. 무언가 재미있게 이야기하고 싶었지만 그렇게 되진 않았다. 나이를 밝히니 경계하는 사람도 있었다. 내가 이야기하는 때에는 트집을 잡았고, 트집을 잡으면 별 이야기 하지 않고, 기분은 나빴지만 티는 내지 않았다.

개발원에서는 팀장이 조직의 위원회를 처리하는 장이었기 때문에 네 명의 위원에게 사인을 받으러 가야 하는 일이 있었다. 그럴 때는 옷을 차려입고 저음으로, "안녕하십니까? 경영지원부 신진행입니다. ○○○ 선생님께서 살펴봐 주시고 결재 부탁드립니다." 하면 반겨 주시면서 회의의 내용을 보고 첨삭할 내용이 있으면 첨삭하시고 직접 연락하시거나 하셨다. 한 번씩은 동의하지 못한다는 내용의 의견을 낼 때도 있었기에 여러 가지 상황이 있었다.

나는 문서 수신·발신을 담당하는 업무를 맡았다. 담당자에게 지정해 주어 공문을 전달하는 내용이었다. 공문 전달은 앞서 했던 사람들의 기록이 있어서 어렵지 않게 해낼 수 있었다. 그렇게 해서 하루에 적으면 다섯 건에서 많으면 열 건 이상도 있었다. 전자 문서 관리함을 통해 EIP(기업 정보 포털)에 등록하는 시스템이었다.

공문이 많이 갈 때는 몇만 건 이상도 있었다. 그럴 때는 전화를 걸어 담당자에게 물어보곤 했었다. 물어보니 해결되는 일들이 많았다. 모르면 물어보라는 말이 정답이었다.

그리하여 업무를 잘할 수 있었다. 공문을 맡긴 이유에 대해서 메모장에 적어 두었다. 메모장에 적어 두니 일마다 공문 관련 사유가 많아지고 좋았다.

한번은 인사과 선생님께서 자신에게 공문 맡긴 이유가 궁금하시다

해서 공문 관련 사유에 대해 써 두었는데, 그 사유는 멘토께서 직접 지정해 주신 사유였기에 논의를 거쳐 수긍하시고 고개를 끄덕이셨다.

한 2개월 일했을 때, 청년 인턴 두 사람이 직장을 관두게 되었다. 더 좋은 곳으로, 혹은 공부를 하기 위해서 간다는 이야기를 하셨지만 끝나기까지 늘 밝은 모습을 보여 주셨다.

팀장은 업무적인 부분을 지시하고 지도하고 했다. 그리하여 뭔가 서류를 만들고 제출하고를 반복했다. 한번은 팀장이 몸이 좋지 않아서 개발원 전화를 내가 다 당겨 받았다. 코로나 자가 격리가 된 팀장은 2주 동안 나오지 않았고, 내가 팀장의 전화를 다 받았다.

또 다른 고민이 있었는데, 카드론 대출에 대한 걱정이었다. 점점 한계가 왔고, 단기 카드 대출로 더블로 막기가 어려워졌다. 3개월쯤 되었을 때 대출 플랫폼을 알게 되었고 바로 신청했다. 이유는 대출로 막아야 되는 금액이 80만 원이 넘어 버린 것이다.

대출을 알아보니 ○○○저축은행이 있었다. 금리는 그때 싼 편은 아니었지만 신청했다. 대출 담당 직원이 와서 계약을 휴식 공간에서 했다. 설명을 듣고 사인하고 명함을 주었다. 대출 담당 직원이 주차장을 써야 되는 점을 곤란해하길래 내가 주차 정산 비용으로 5,000원을 주었다.

이틀 지나니 정상적으로 대출이 처리되었고 800만 원을 대출받았다. 그래서 그 일부로 장기 카드 대출과 단기 카드 대출을 갚았다. 그러나 1200만 원이 남아 있었다. 갚아야 되는데 갚을 수 없었다. 이건 뒤에서 다시 이야기하겠다.

사실 장거리 출퇴근으로 몸이 좋지 않아서 병가를 자주 썼다. 월차

5일에 병가가 5일이었다. 너무 먼 거리고 힘든 일이 있어서 연차를 많이 쓴 편이었디.

어느 정도 지나니 이제 기안문을 써야 할 때가 왔다. 기안문이 뭔지는 알고 있었지만 어떻게 쓰는 건지는 몰랐다. 경비 처리나 사업 관련 기안문을 쓰고 지출 결의서를 써야 했다. 써 보고 나니 그쪽의 회계 팀과 친하게 지낼 수 있었다.

어느 정도 익숙해졌을 때, 그들과 술을 같이 마셨다. 사실 나는 술이 좀 약한 편이다. 한 잔 먹고도 취할 정도이니 얼마나 약했겠나. 약하다는 사실을 숨기고 마셨다. 그때 자리가 비좁았는지 여자 선생님 무릎에 손이 닿았다. 재빨리 치웠다. 그때 사과를 했어야 하는데 술에 너무 취해서 하질 못했다. 이 글을 빌어서 사과드리고 싶다.

일행들과 2차까지 같이 가지 못하고 헤어진 뒤 나는 택시를 타고 집 근처까지 왔다. 그러고는 술에 좀 취했다고 생각해 숙취 해소 음료와 환을 사기 위해 편의점에 들렀다. 내가 그것들을 사는 것을 보고, 편의점 직원이 술을 마셨냐고 물어보았다. 그래서 기분 좋게 동료들과 한잔했다고 했다.

그러면서 여러 가지 이야기를 했고, 구입한 것들을 먹고 정신을 차리고 끝냈다.

어느 날 외부에서 감사가 들어온다는 연락이 있었다. 그리하여 담당 인턴과 직원들은 감사 준비를 하고 있었다. 병행했던 일로는 사전 정보 공시나 협회 변호사 비용이나 감사 관련 일들에 대해 부탁했고, 나는 감사 관련 자료들을 인쇄했다. 밤늦게까지 일하고 일했다. 인쇄 카트리지가 바닥날 때까지 일했다. 다 준비하고 마지막으로 최종적으로 같이 온 인턴과 점검을 할 때, 인쇄한 감사 자료를 인턴과 같이 상의했는데, 인턴이 중복된 자료가 있다고 말하고 정리해서 재출력했다. 그렇게 감사가 와서 조사하고 갔고, 우리는 감사 평가 최우수 등급을 받았다. 또한 총무 선생이 표창장을 받게 되었다.

언젠가 한번 총무 선생의 차를 얻어 탄 적이 있는데, 내가 인쇄를 잘못해서 감사 자료에 실수가 있었다 했는데도 웃으며 넘어갔다. 하지만 그도 시간이 지나니 뭔가 생각이 났는지 얼굴이 어두워졌다. 그도 그럴 것이, 그때 감사로 기관상을 받았기 때문에 아마 불편했을 것이다. 그래서 차를 마지막에 탔을 때 "울지 마세요."를 내 대답마다 연속적으로 했기에 그도 내 마음이 좋지 않음을 간접적으로 비추는 것 같아 보였다.

차분한 목소리의 팀장은 다른 이의 말을 잘 들어 주는 사람으로 소문이 나 있었지만 예의 바른 사람이었다고는 내가 증명을 할 수 있을 것 같다. 차는 테슬라를 탔는데 전기 자동차는 멋진 차였다. 기쁘게 하는 차였고 행복하게 하는 차였다. 그러한 대접은 하나같이 고급스럽고 기쁨을 주었다.

내 처신에 관련해서 어떻게 할지 정해야 되는 날이 왔다. 나머지 1200만 원을 해결하기 위해 다시 대출 플랫폼을 찾았는데 국민은행에서 하는 대출 상품이 있었고 조건이 좋았다. 1200만 원을 상담받았다.

1200만 원을 받고 인턴이 끝나 갈 즈음에 생각했다. 그래서 1200만 원의 일부를 갚고 나머지 금액은 생활비를 막을 수 있는 비용으로 사용하려 했다.

한 5개월이 되니 ○○은행에서 대출 관련 평가를 받아 보았고 대출

승인이 났다. 부랴부랴 대출을 받았다. 단기 카드 대출도 좀 돌려 막기 식으로 되어 있어서 해결이 필요했다. 다행히도 우여곡절 끝에 해결되었고 금리나 상환 기간이 만족스럽게 처리되었다. 퇴사를 한 달 남짓 남겨 둔 상태에서의 해결이었다.

퇴사를 하고, 그냥 쓸쓸했다. 나에게 반말했던 파스타집 주인이나 나를 어렸던 사원으로 봐 주어 고마워 했던 센텀의 한솥 주인은 잊을 수 없을 것이다. 마지막 이별 전에 스타벅스 기프티콘 카드와 함께 편지를 써서 인턴들에게 돌렸다. 그리고 인사 담당 선생님은 나에게 친절히 와서 인사해 주셨다. 감사했다.

이렇게 끝났다니, 그래도 해운대까지 한 시간 이상의 거리였는데, 5개월 잘 다녔습니다. 감사합니다.

　　○○처를 나오고 왠지 자격증이 필요할 것 같아서 민간 자격증을 알아보고 도전하게 되었다. 민간 자격증은 사립 교육원에서 온라인으로 강의를 이수하고 시험을 보면 취득할 수 있었다. 자격증이 나에게 경쟁력을 줄 수 있을 것 같았다.

　　또 필요할 것 같아서 독서논술지도사와 심리상담사, 바리스타 강의를 온라인으로 신청해 들었다. 수업료를 무료라고 홍보해서 그런 줄 알았지만, 나중에 자격증 발급 명목으로 한 과목당 8만 원의 수수료를 내야 했고, 그제야 자격증을 받게 되었다.

　　부산의 어느 개발원에 지원할 때는, 민간 자격증이지만 심리상담사와 독서논술지도사 자격증이 유리할 것 같았기에 지원하게 되었다.

　　채용 인원 중에 장애인 인턴도 뽑는다고 해서 지원했고, 지금 하였던 경험들도 무장하고 면접 대본을 만들어서 철저히 준비하고 지원했다. 이번에도 ○○처 이력을 어필했고 대학 병원 관련 이력을 어필했다. 그리고 사진 촬영 관련 경험, 보유하고 있는 자격증을 어필했다. 어필에 어필을 더해서 운 좋게 면접까지 보게 되었다.

　　면접은 네 팀이 각각 네 명씩 봤고 사전에 대본을 자체적으로 작성해 답변했다.

　　마지막 하고 싶은 말이 있을 때는 적극적인 모습이 면접을 결정한다는 생각이 있었기에 마지막에 하고 싶은 말이 있는 사람이 있냐고 했을 때 기회를 잽싸게 잡아서 나를 어필할 수 있는 이야기를 했다. 내가 그렇게 하니 주위에서 너도 나도 지원자들이 손을 들며 이야기했고, 그 모습에 모두들 웃었고, 할 발언들을 다 하고 면접을 마쳤다.

해운대에 있는 기관이었고 일이 너무 피곤하다 싶을 때면 오후 4시 쯤에 잠시 나와서 5분간 정도 햇볕을 쬐고 다시 들어가곤 했다.

들은 이야기로는 "인턴 중에 대단한 사람이 있다. 그 사람이 말도 안 되는 직책을 맡고 있다. 기적적이다."라는 말이 있었다. 그리고 이 때가 첫 번째 책이 출판되었던 시점이라 회의 때 나에 대한 평을 해 주시길 '대단한 사람'으로 묘사되기도 했다.

여유롭게 지냈고 현기증이나 그런 것은 없었다. 청년 인턴을 경험 하게 된 것은 운이 좋았던 것이라 생각한다. 좋은 사람과 함께 좋은 컴퓨터로 일하는 것은 다시 없는 기회라 생각한다.

6

구청 일자리

코로나 콜센터 상담원

> "보건소는 바빴고 졸지에 톱top이 되었다
> 첫 백신 접종과 월차와 위험한 날
> 늘어나는 일거리와 허점"

○○구청 복지 일자리로 배정받은 곳이 보건소 코로나 콜센터였다. 1월부터 시작했고, 긍정적으로 많은 좋은 일들을 기대했다. 처음 들어갔을 때 이미 여러 사람들이 일하고 있었다. 1년 계약으로 있는 사람들이 전화를 받고 있었다. 1년 계약 인원들은 다음 주면 나가게 되고, 나는 장애인 신규 지원자로서 아직 얼굴도 보지 못한 기존에 채용 예정된 사람과 같이 일자리 사업에 참가하게 되었다.

1월부터는 나 혼자서 전화를 받았고, 일주일 지나니 같은 장애인 일자리 지원자가 나타났다. 인사를 했다. 그분은 전화를 많이 받지는 않았다. 나는 첫날에 80콜을 받았다.

코로나 콜센터 운영에 들어간다 했다. 빈방에 책상을 여덟 개 놓고 거기에 전화 연결을 하고 보건소 대표번호로 다들 연결되게 해 놓았다. 공무직 사무원들이 세 명 돌아가면서 전화를 받았고 나머지 사람들은 시간 배정이 짧아서 사실 나는 오전 11시에서 점심시간인 오후 12시와 오후 5시에서 코로나 콜센터 종료 시간인 오후 6시까지 각각 한 시간씩을 혼자서 코로나 콜센터의 전화를 받았다. 한 시간 동안은 혼자서 전화를 받았다.

한 일주일밖에 지나지 않았는데 내가 인정을 받은 것일까? 아니면 인원이 적어서 그런 건지, 과장은 나를 행정반으로 옮겼다. 그런데 전화를 90콜씩 받으니 멘탈이 깨졌다.

행정반에서만 하루에 약 120콜 이상은 받았다. 코로나 콜센터에 인원이 없어서 생기는 공백으로 민원 전화를 못 받으니 주사가 과장에게 이야기해 다시 코로나 콜센터로 오게 되었다.

캔 커피와 먹을 것이 한 번씩 왔고, 그걸 팀원들에게 주었다. 나는 전화를 잘 받는다고 소문이 났다. 그래서 별일 없을 줄 알았다.

희망일자리로 지원한 사람들이 2월에 들어왔다. 그 사람들이 공무직 사무원 자리에서 전화를 받았다. 그때만 해도 확진자가 많지는 않았다. 여기서 유착 관계에 대해서 알게 된다. 직종마다 해당 직종의 협회가 있었고, 학교, 시청의 입장에 대해서도 제각각 성격들이 있었다. 이런 연결 고리 때문에 코로나 콜센터에서 공개할 수 있는 것이 한정되어 있었다.

사람들이 열심히 하는데, 말을 많이 하다 보니 쉽게 허기졌고 내가 내 돈을 투자해 간식 상자를 만들었다. 간식 상자가 만들어지니 사람들이 간식을 먹었고, 나에게 감사하다 했다. 나중에는 계장이 치우라고 해서 내 서랍에 간식 창고를 만들어 놓고 허기질 때마다 주었다. 대개 에너지바나 외국 쿠키, 소용량의 과자들로 채웠다. 개수가 많은 것을 사기 때문에 간식 상자는 늘 풍족했다.

사건이 일어난다. 갑자기 전화가 많이 온다. 다들 화가 나 있었다. 그래서 알아보고 다시 전화준다고 했다. 들리는 소문에 의하면 전산실에서 자가 격리가 끝난 사람들에게도 검사 요구 문자를 잘못 보냈다. 그때 30분 만에 100콜 넘게 받았다.

　대중교통 전수조사나 학교 전수조사 같은 것을 했다. 그리고 자가 격리자들에게 자가 격리 통보를 하는 전화도 했는데, 처음엔 다들 화를 냈지만 협조해 주었다. "보건소 지시에 따르지 않으면 감염병 위반으로 고발당할 수 있다."라고 하면 웬만한 반발도 잠재우고 넘어갔다.

　오후에 있는 사람 중에서는 나이 많은 아저씨가 있었는데, 괜한 참견을 잘 했다. 대화에 있어 유연하지 않았으며, 항상 다른 사람들의 콜을 받으면 "책잡힐 짓은 안 해야 나중에 문제가 없다."라고 했다. 주위에서 다들 짜증을 냈다.

　정보가 없으면 줄 수 없는 게 당연한 것이고, 신상 명세나 확진자 관련 정보는 기밀 정보다. 줄 수 없다. 요구를 하면 다들 화를 내고 힘들다 한다.

　그러다 3월 7일, 의료 종사자로 분류되어 아스트라제네카 백신을 맞았다. 보건소가 준 혜택 중 하나다. 3월 달 지나니 갑자기 전화가 조금씩 많아졌다.

　어느 날이었다. 악성 전화를 "책잡힐 짓은 안 해야 한다."라고 이야기한 아저씨가 맡았다. 그 전화가 안전총괄과로 갔는데, 다른 팀원이 당연히 받을 수 있다고 이야기하고 나에게 전화해서 넘기라 했다. 무슨 일인지 모르고 맡아 주었다. 설명을 충분히 했지만 이미 이 사람은 네 군데에서 나쁜 응대를 받았다고 생각했기 때문에 내가 설명을 해도 듣지 않았다. 그래서 통화 내용을 녹음했고, 그 사람은 광분해서 연신 "녹음해라. 녹음해라."라고 말했다. 너무 열받았는지 내 신상에 대해 물었고, 공무원이면 일을 똑바로 해야 되지 않느냐고 짜증을 냈다. 복지 일자리 관련 종사자로 했는데, 세금으로 돈을 받았으면 더 열심히 해야 하지 않느냐고 이야기한다.

말이 통하지 않아서 센터장을 바꾸어 주니, 저희 장애인 직원이 전화를 받아서 실수가 많았다고 하며 연신 사과만 했다.

관련해서 설명을 해도 통하지 않아서 역학조사 팀 주사에게 전화가 갔고, 30분 통화하고 끝냈다. 나는 그날 억울하고 너무 힘들어 조퇴를 했고, 후에 들어 보니 다시 전화가 왔고 그때 받은 사람이 장애인 취급을 받았다고 한다.

식사는 혼자서 한다. 마음을 조금씩 열 즈음에, 얼마 전 센터장이 이야기한 것이 계속 신경이 쓰여 너무 싫었다.

그러한 식으로 공개가 되니 소문이 퍼졌다. 과장이나 계장이 처음에는 잘 대해 주다가 그때 이후로 차갑게 돌변하게 되었다. 그래서 하는 일에 비해 대우가 좋지 않았다. 나는 고민했다. 고민하고 있던 찰나에 같이 일하던 사람과 점심 식사를 할 기회가 있었다. 뭔가 괴로워서 식사중에 소주를 시켜 마셨고, 낮술의 영향인지 더 이상 못 다니겠다는 생각이 들었다. 그래서 바로 식사 뒤에 사업 담당 부서인 복지사업과에 전화해서 문의했다. 마침 주간 요양 시설에 자리가 있다고 해서 그쪽으로 연락을 부탁했다.

✦ 특이 사항

구청 일자리라 자기소개서와 이력서는 단순한 것들만 적으라고 안내되어 있었다. 그래서 앞에 있었던 이력을 모두 끌어다가 어필을 했고 위의 이력을 이야기했다.

담당 공무원들이 내 이력을 높이 샀던 것 같다. 내가 알고 지낸 나와 같은 등급인 장애인 복지 일자리 종사자들은 다른 기관에서 발열 체크를 하고 앉아 있는 것이 전부인 업무였는데, 코로나 콜센터로 가버린 것이었다.

자기 전 약을 먹지 못했던 순간이 몇 번 있었는데 운이 좋지 않아서 나쁜 일이 터지기도 했다. 매뉴얼을 만들어서 앵무새처럼 되풀이하는 말을 했다.

한 달 일찍 와서 뒤에 오는 사람들은 거의 나에게 의지했고 전화를 받았다. 센터장이 장애인 근로자가 근무를 잘못해서 사과했다는 말에 실망해서 나가긴 했지만, 끝까지 했어도 좋은 선택지는 있었을 거라는 생각이 든다.

주간보호센터 장애인 근로자

"지나갔던 일들
최종적인 퇴사 통보
뒤돌아 생각해 보다"

대체 근무지로 간 주간보호센터는 무언가 처음부터 힘들었다. 언덕을 올라서 지하철을 타고 가야 했고 면접을 봤을 때도 그저 "우리 선생님이 좋아하실 것 같다."라는 말만 하셨다.

정신 건강증진센터 담당자에게 주간보호센터에 대해 물었는데 그때만 해도 주간보호센터가 스트레스는 안 받을 것이라고 하셔서 그 말을 철석같이 믿었지만 스트레스를 안 받을 수 없는 곳이었다. 무진장 받았다.

주간 재활 회원들이 왔다. 한 사람씩 왔다. 덧붙여 말하길 20~30대의 체격에 두세 살 지능의 회원이라 하셨다. 처음 보고 기겁했다는 사회복지사도 있었지만, 나는 그가 기겁했다는 그 행동에 그렇게 기겁하지는 않았다. 생각보다 폭력적이지 않았다. 그렇지만, 어쩌면 제정신인 사람은 망해 버릴 곳이라 생각했다.

회원들 각각 저마다의 행동이 있었다. 사물을 응시하는 것이 대표적이고, 가장 조용한 편이다. 화가 나는 경우가 있으면 옷을 뜯기도 했고, 크게 이유 없이 박수를 치거나 손으로 위험하게 행동하는 경우도 있었다. 손을 비비거나 볼일을 잘 하지 못하는 경우도 있었다.

그리하여 회원들을 케어하는 방법이 다양했다. 뜀뛰기를 하거나 제자리 달리기 등 힘을 빼는 행동들을 했다. 그런 방법으로 건전하게 에너지 소모를 했다. 주간보호센터의 외부 활동은 나가면서 사진을 집중적으로 촬영하는 것이었고, 언뜻 보기에는 사진을 찍기 위해 가는 활동 같아 보였다.

참고로 주간보호센터의 일과가 끝나고 나면, 퇴근 전까지는 청소와 소독에 관해 유독 집착하며 나에게 일을 시켰다. 마치고 다 퇴근할 때쯤 하는 청소였고, 땀을 흘려 가며 청소를 하는 것을 감독하기도 하고 그랬다. 여기 사회복지사는 인내심이 많은 것 같아 보였고, 이야기를 나눈다면 할 말이 많이 있을 것이라 생각했다. 매일 청소하라 하셔서 그렇게 했다.

그리고 한 3일이 지나면서 내가 말이 많아졌다. 주간보호센터 회원에게 "화장실 가고 싶어요?", "손 씻고 싶어요?", "○○ 씨 괜찮아요?", "○○ 씨 기분은 어때요?" 계속 말을 했다. 밥 먹고 난 뒤에는 같이 블록 놀이를 하고 계속 행동 제한을 했다.

춤추고 노래하고, 주간보호센터 선생님들이 차량으로 바깥 활동을 갈 땐 손을 항상 잡았다. 금요일쯤이 되었을 때 눈물이 났다. 이렇게 힘들게 사는 사람들도 있구나 하는 생각에 눈시울이 붉어졌다. 아무도 없을 때 혼자 자립해서 살 수 있도록 하는 것이 목적이라 했지만 그건 불가능해 보였다. 그저 긍정적인 말로 포장한 것이라는 생각이 들었다.

다음 주 월요일에 갑자기 목소리가 잘 나오지 않았다. 그때 센터에 선생님께 전화해서 목소리가 안 나와서 연가를 써야겠다고 했다. 알았다고 하셨고, 진단서를 요구하셨다. 이비인후과에 가서 진료를 받으니 목이 많이 부었다고 하셨고 안정이 필요하다고 하셨다. 직장에 낼 진단서를 요구하니 "이 정도로 직장에 진단서요?" 하셨다. 그래서 직장에서 진단서를 요구한다 하니 "이상한 직장이네." 하셨다. 진단서를 끊고 하루 안정을 찾으려 했다. 둘째 날도 나가지 않았고 어머니께서 전화를 대신 받으셨는데 무슨 이야기를 하셨는지는 모른다. 센터에 장문의 문자 메시지를 보냈더니 답이 안 와서 "왜 답이 안 오지?" 하셨다. 다음 날에 주간보호센터를 찾아 갔다. 거기에는 센터장과 직원이 있었는데 인사드리고 진단서를 보여 드리려 했더니 갑자기 화를 내시고, 그 자리에서 해고 통지를 하셨다.

그 말을 견디지 못해 나와 버렸다. 내가 몇 년간 애착하던 텀블러도 거기 있었는데 받질 못하고 나와 버렸다. 실망이 컸고 상실감이 컸다. 원래 종일 근무자 장애인은 연차가 25일 정도 있다. 한 8일 썼더라. 그래서 나와 버렸다.

한순간에 그만두게 되어서 아쉽게 되었지만 어쩔 수 없었다.

일주일 근무하고 쫓겨났다. 복지사업과에 전화해 보니 일자리가 없다고 했다. 나랑 바꾼 사람은 여유롭게 업무에 만족하고 있었고, 밖에서도 그 사람이 기분좋게 나에게 알은체를 했다. 예의 없이 사람을 대하시기에 조금 짜증 났지만 묻어 두었다. 연가 쓴 것에 대해서 정리하라는 문자가 와서 ○○구청과 주간보호센터에 가서 처리하고 나왔다.

✦ 특이 사항

이곳은 거의 언덕 중턱에 있는 주간보호시설이었는데 이 일을 하면서 사회복지사와 관계되어 있는 사람들의 노력이 크다는 것을 알게 되었다.

거의 무에서 유를 창조하는 것이 아닌가 싶었다.

그곳이 언덕 중턱에 있어서 올라가면서 체력을 다 쏟았다. 힘든 등산을 하고 나면 사람들을 케어하는데 중증 장애인이 보호자가 되어 주간보호시설의 센터 회원들을 케어하려니 잠도 오고 체력적으로 좋지 않았다.

머리가 띵했고 힘든 일들이 돌발적으로 발생했고 다가왔다. 그런 일들에 치여 사니 아마 몸살이 나지 않았나 싶다. 그래서 마지막에 그렇게 된 것 같다.

구청 일자리를 나간 뒤의 2개월

"지원하며 생계의 어려움
희망의 빛"

여기에 들어오기 전에 해결해야 했던 빚이나 생활비 등등을 구할
길이 없었다. 어두운 터널이었다. 보기 좋게 나왔지만 월급으로 들어
온 것이 100만 원이었다. 나머지는 연가 사용으로 깎였다. 뭐라도 해
야겠더라. 그래서 뭐라도 했다. 열심히 했다.

처음에는 카메라를 팔았다. 금방 팔았고, 그 돈으로 빚을 조금 갚았
다. 근데 돈이 더 필요하게 되었다. 그래서 최근에 샀던 최신식 노트
북을 팔았다. 굿즈도 팔았다. 다 팔았다. 외장 하드도 팔았다. 촬영 약
속을 잡아 놓은 것 때문에 카메라를 다시 사야 했고, 촬영이 끝난 뒤
다시 팔았다. 다시 사고 다시 팔고를 네 번을 연이어 했다. 한 번씩 팔
때마다 기존의 값보다 30만 원 이상 손해 보고 팔았다.

그렇게 팔고 보니 여유 자금이 없었다. 다시 단기 카드 대출에 손대
게 되었고, 돌려 막기를 하니 엉망이었다.

서류를 넣은 곳이 열 군데 정도 되었는데 그중에 여덟 군데에서 합
격을 했다. 합격을 하고 네 군데에서 면접을 봤다. 오죽 돈이 없었으
면 어머니께 100만 원만 빌려달라 했다. 대로大怒하셨다. 그래서 자력

으로 해결해야 된다고 생각했다.

이머니는 결국 건방진 이들에게 100만 원을 빌려주시고 내 통장에 적금을 들어 놓은 것을 다 가져가셨다.

그런데 ○○대학교에 붙었다. 돈이 정말 가랑비만큼 있었고, 단기 카드 대출이 빡빡했다. 여기서 나가면 죽음이었고, 신용 불량자가 되어 나쁜 이력이 생기는 것이었다. 그래서 가만히 버텼는데, 첫날과 며칠째 되던 날까지 아무것도 할 수 없었다. 아는 게 있어야 뭘 하지… 내 앞의 선임에게 인수인계를 받지 못해서 업무에 대해 아무것도 알 수 없었다. 서무 선생님 인수인계는 담당자가 와서 해 주었는데 아무도 해 주지 않았다. 그래도 버티리라 생각했다.

첫 월급이 한 달 끊어서 나올 줄 알았는데, 담당 교수가 첫 월급은 한 달과 반달치가 같이 나온다 하셨다. 그게 무슨 뜻인지 몰라 알아보았는데, 월급날 알았다. 300만 원이 들어온 것이었다. '소득공제 하고 들어왔을 텐데 어떻게 300만 원이 들어오지?' 했다. 한달 반, 47일 근무한 것이 들어온 것이다. 감사했다. 그래도 단기 카드 대출을 많이 써서 정말 힘겨웠다.

힘겨웠던 시간이 지나고 괜찮은 시간이 왔을 때 노트북으로 전전긍긍하다가, 내가 대학 병원 퇴직금으로 누나에게 사 줬던 노트북을 받을 수 있었다. 사무용으로 적합해 쓰기에 참 좋았다. 카메라도 다시 샀다. 그래도 단기 카드 대출은 전부 해결할 수는 없었다. 대출 이자는 그나마 해결했다.

해결하고 보니 조금 살 것 같더라. 학교가 좋았다.

그래서 끝까지 할 생각은 있었다. 그 이야기를 지금부터 시작하겠다.

7

국립 대학교의
홍보 담당관

"처음부러 초주검 상태
팀플레이는 없다
첫 월급은 구원의 빛
세 개의 사업과 세 사람의 사정
기사를 직접 쓰는 신진행 홍보 담당관
엉켜 버린 입술, 사직서를 제출하다"

많은 고비를 넘기고 ○○대학교 대학 회계 계약직으로 임용되었다. 기본적인 명칭은 '선생님'이며 직위가 있으신 분들은 '교수, 팀장, 부장, 과장, 처장' 식으로 불리우게 되었다.

일반 전형으로 들어간 곳이었고 내 근무는 홍보실에서 했다. 처음 홍보실에 들어왔을 때는, 잔뜩 얼어 있었다. 왜냐면 홍보실 관련 업무에 대해 아무것도 모르기 때문이다. 홍보실에서 처음으로 받은 일은 데이터 현행화 작업이었다. 그때 나는 일을 잘하고 있는지도 몰랐다.

3일 동안은 가만히 있었다.

계약직 선임이 뭔가 물어보았는데 그때의 느낌을 이야기하자면 신경질적이었다. 처음 온 사람에게 그렇게 친절하지 않았고 막무가내였다. 요청을 받으면, 자료 찾는 일에 대해 아무것도 몰라 답변을 제대로 못했다.

그렇게 부정적인 이미지를 만들어 가고 있던 날이 3일 정도 되었을 때, 일을 그만두어야 하는 건지 고민했다. 너무 내가 하는 일이 없었다.

그나마 조금씩 일을 배워 갔다. 보도 자료 업데이트 관련 일을 배웠다. 처음에는 많이 틀렸다. 그때 내가 담당하던 자리의 담당자가 그만두는 바람에 가르침을 못 받은 부분이 있었다.

마침 학교에 리모델링 공사가 있었다(그 2주간은 아무 일도 없었다).

사업을 맡았는데, 전화로 진행해야 되는 건으로 브로슈어 홍보 영상 옥외광고가 있었다. 다른 것은 너무 정보가 부족했다.

해당 일에 대한 인수인계자가 있었어야 하는 건데, 내가 전해 들은 것이 너무 적었다. 사실 나는 학교 일을 마치고 집에 들어가면 너무 힘들어서 혼잣말로 "힘들다."라는 소리를 입에 달고 살았다. 항상 자기 전에는 스트레스가 풀리지 않아 무의식적으로 "힘들다." 하고 잠이 들 때까지 혼잣말을 했다.

옥외광고 담당자가 있었는데 그 사람은 다른 사람에게만 관심이 있었지 나에게는 그다지 자세히 가르쳐 주지 않았다.

○○대학교에서 내가 치렀던 첫 행사 촬영은 협회의 기부금 행사였다. 기부금 전달식에서 내가 사진을 찍었지만 진행 관련 대학에서는 자신들의 사진을 쓰게 했다.

선임이 뭐라고 했고, 주최 쪽에서는 사진을 이상한 걸 보냈다. 브로슈어는 현행화 작업을 진행하고 있었고, 옥외광고도 사전에 작업했다. 영상 관련해서는 미팅을 했다.

여기서 중간 관리자는 엄청난 스트레스를 받았고, 선임은 거의 동영상 일정이나 대관, 섭외 관련 전반적인 일들을 맡아 주었다. 사실 선임이 일은 잘했지만 조금 까탈스러운 면이 있었다고 생각했다. 조금은 자중했으면 했지만, 점점 더 증폭하며 일부러 선임은 일적인 부분에 대해서는 날카롭게 말했고, 나는 거기에 끌려다니듯이 순하게 대답했다. 선임과 나 사이에 많은 말이 오갔다.

나는 모두와 잘 지내고 싶어서 내가 일을 못하는 것에 대한 사과 편지를 썼고, 교수에게도 썼다. 감정의 골이 깊어지는 것을 막아야겠다고 생각했고 알아들어 주실 줄 알았다.

홍보실 선임과 야근을 한 일이 있었는데, 선임이 자신의 어려움에 대해 이야기했다. 그 이야기를 듣고 나는 선임에게 내가 같은 편이 되어 대변해 주겠다고 했고, 무의식을 사용해 그 사람의 이모저모에 관련한 내용을 이야기했다.

나는 선임에게 3일 쉬라고 제안했고, 그는 제안대로 3일을 쉬었다.

다음 날 홈페이지에 누락된 부분에 대해 올리라 했다. 교수와 선임이 없을 때 업데이트했는데, 학과장이 홈페이지를 보고 놀랐다. 6월 달 체결한 기사가 7월 말에 올라왔으니 말이다.

앞의 일이 일어나기 전 상황이 마치 폭풍전야처럼 느껴졌는데, 그 당시에 일어나게 된 일들 중에 이런 일이 있었다. 학교에서 자유 주제로 교수급 이상이 주최하는 토론회 때 누군가가 홍보실에 대해 한마디 하게 된다. 내용은, '홍보실 일 하는 것 맞냐'는 것이었다. 그 보고가 계단식으로 올라갔고, 다시 계단식으로 다들 한마디씩 들으셨다.

사과를 하고 조용해질 즈음에 보도 자료를 보내는 법을 이제 알게 되었지만 긴장하고 있던 터라 실수가 틈틈이 있었다. 하지만 중간 관리자는 묵묵히 지적만 했지 혼내거나 하지는 않았다.

뭔가 안 되겠다는 생각이 들어 홍보실 중간 관리자에게 내가 장애인이라 이야기하니, 그는 개인적인 부분에 대해서는 이야기 안 해도 된다고 말했다.

그 중간 관리자와 같이 점심을 먹고 산책하며 이런저런 이야기들을 했다. 휴일이 끼어 있었고 연가를 낸 선임이 무슨 이유에서인지 사직서를 기안해 접수했다.

이에 홍보실 중간 관리자는 자신이 할 수 있는 해명을 하고, 사과했다고 이야기했다. 홍보 동영상 관련 일들이 끝나고 수고한 선임과 교수에게 편지와 선물을 주었다. 각각 둘 다 힘이 되어 주겠다는 내용으로 썼다. 내가 힘들 때 도와주었으니 감사의 편지를 썼다. 선임의 지적은 과거의 결과라 생각하며, 묵묵히 들어 주었다.

학교에 내부 행사가 많던 어느 날이었다. 아침 11시에 촬영이 있어서 지원을 갔고, 점심시간을 조금 넘긴 시간에는 아침 촬영 사진을 보정하고 정리했다. 오후 1시가 되어서는 다시 촬영 요청이 있어서 촬영을 했고, 오후 2시 30분에 끝나서 정리하고 오후 3시에는 홍보실 중간 관리자에게 허락을 받고 밥을 먹으러 학생 식당에 갔다.

학생 식당에 가서 밥을 한 술 뜨는데 홍보실에서 전화가 왔다. 촬영이 생겼다고 밥도 못 먹고 나가 버렸는데 시간을 맞추지 못해서 촬영을 하지 못했다.

그 이야기를 하니 선임이 "근무시간에 밥을 먹는 게 비정상 아니냐?"라고 꾸짖었고 "중간 관리자 허락을 받고 나갔다."라고 말하니 아무 말 하지 않았다.

학교에서 있던 일 중에 한 가지를 이야기하자면, 보도 자료 관련 일이다. 보도 자료 요청이 한 건 들어왔다. 그 보도 자료 요청은 선임이 주었는데 거기에는 지난 보도 자료 참고문과 보도 자료 관련 행사 내용이 있었다. 나는 신나게 기사를 썼고 사진과 중간 관리자의 컨펌과 같이 다 확인을 받은 상태였다.

그리고 이 보도 자료 담당인 선임에게 확인을 부탁했는데 "중간 관리자가 확인하셨으면 굳이 내가 확인할 필요없다."라고 말했다. 그래서 그냥 올렸다. 그랬더니 선임이 보고는 "보도 자료에 캠페인 참여자 후기 정보가 없다."라고 했다. 알고 보니 홍보 SNS에 올라와 있는 내용을 써야 되는 것이었는데 선임이 알려 주지 않고 올리게 했던 것이다.

내가 선임을 불러서 한숨을 쉬며 우리가 소통이 되지 않는 것 같다고 이야기했다. 그랬더니 "한숨을 푹 쉬시면서 부정적으로 그렇게 이야기하고 내 책임인 것마냥 이야기하는 건 잘된 일인가?"라고 했다.

확인 부탁까지 했는데 모든 걸 다 떠넘기며 이야기를 하니 잘해도 욕먹을 일이구나 생각했다. 게다가 내 행동에 대한 고의적이고 악의적인 평가까지 하니, 그래서 "다음에 확인할 때 좀 제대로 확인 좀 부탁해요." 하고 지나가니 알았다고 했다.

그리고 보니 어떨 때는 잘해도 욕먹는다. 어떤 기사에 관해서 써야할 때, 담당 부서에 초안을 받아야 하는데 초안을 인터넷에서 찾으라하셨다. 그래서 초안을 인터넷에서 찾아서 봤다. '무단 재배포 금지'라 되어 있어서 같은 내용의 다른 단어를 사용해 기사를 썼다.

그리고 컨펌을 요청하니 ○○대학에도 관련 내용을 확인해야 하는 게 아니냐고 이야기했다. 그래서 관련 내용을 확인하러 갔더니 그쪽에서는 업무적인 떠넘기기라고 말하고, 맨땅에 헤딩한 것이라는 말을 해 주었다.

그래도 확인해 주겠다고 했다. 정오쯤에 컨펌을 요청한 부서에서 기사를 주었고, 오후 3시에 올렸다. 한 20분 전에 관계자가 메일이 와서 해당 기사로 바꿔 달라고 했다. 그래서 정오에 받은 것으로 올렸다 했다. 그랬더니 10분 뒤에 대표가 직접 전화를 줬고 "엉터리 같은 기사로 올리지 말고 지금 올린 것으로 정정 보도 내라."라고 명령했다.

그래서 다시 정정 보도를 했는데 한 군데에서 먼저 올려 준 곳은 막지 못했다. 그 내용에 대해 컨펌한 부서에 여쭈어보니 정정 보도 냈다고 했고 일이 그럭저럭 되었다. 하지만 다음 날 아침에 일이 터졌는데, 교수가 오탈자가 났다고 해서 해명을 했고 해명하는 과정에서 내가 너무 억울해 울먹임이 있었다.

정말로 억울했다. 정말 무단 재배포를 피하려고 다른 단어를 쓰거나 컨펌이란 컨펌은 다 받았는데, 나중에는 무단 배포 금지 기사를 쓰란다. 그래서 억울하게도 울었다.

울고 나니 바이오리듬이 깨져 버린 듯했다. 그래서 힘들었다. 출근하는 동안에 너무 학교가 가기 싫었다. 거부감이 들었고 선임이 짜증 났다. 기계가 말하는 것 같은 목소리에 싫은 말투. 네가 다 말아먹었구나.

다시 돌아와서, 8월쯤에는 보도 자료가 얼마 나가지 않아서 또다시 불려 갔다. 보도 자료에는 우리 학교 기사가 전혀 없으니 학교 기사를 내라는 것이다.

여기서 영업이 필요하다고 느껴, 아침마다 학교를 돌아보며 현수막에 있는 행사를 찾아보며 보도 자료의 일종의 영업을 했다. 그리고 보도 자료를 못해도 3일에 한 건을 내는 실적을 낸다. 그래서 8월에는 그나마 발로 뛰고 알아보고 해서 학교 보도 지료를 스무 건 이상 내게 된다.

그나마 보도 자료로 인한 희망적이고 발전적인 일이 있었는데, 어느 기관에서 학교 대표로 공모전에 입상한 학생들에 관한 정보를 알려 주고 학교에서 홍보로 다루어 달라는 내용의 공문이었다.

사실 관련 학과나 학생 측이나 행사 쪽에서는 자료거리를 제공하지 않았기에 중간 관리자에게 보고하니 뭔가 방법은 없었다. 이러한 부분에 대해 학생들의 성과를 알리자고 생각했고, 보도 자료를 작성하기로 마음먹고 정보를 얻고자 했다.

공문 보낸 주최 측에 연락하고, 정보를 얻어 해당 학과에 연락하고, 해당 학과에서 양해를 구하고 입선한 이들의 인터뷰나 사진등등을 요청했다. 그리고 당사자들과 전화 인터뷰를 해 질문 사항을 몇 개 추렸다. 그 내용을 근거로 내가 보도 자료를 작성하게 되었다.

아무도 나더러 그 일을 하라고 하지 않았다. 단지 학교의 좋은 소식인데 보도가 되지 않으면 너무 아깝지 않은가? 나는 좋은 취지로 보도 자료를 내고, 중간 관리자와 해당 학과에 컨펌을 부탁해 보도 자료를 학교 홈페이지와 언론사에 냈다.

그리고 보도 자료가 기사화되고 발표되었을 때, 해당 학과 담당자는 아주 좋아하며 감사의 말들을 했다. 그 말들을 들으니 내가 뭔가 한 것 같은 느낌이었다.

그게 한번 일어나니, 갑자기 주위에서 입상한 사람들이 보도 자료 요청을 몇 건이나 한꺼번에 보내오게 된다. 논문 입상도 그랬다.

신청은 해 놓고 상 탄 내용만 써서 보내는 곳도 있었는데, 신청자에게 보도 자료를 작성해 달라 요청하니 "내가 그런 것까지 해야 되나?" 하는 말을 듣기도 했다. 그 신청자는 학과 담당자였던 것으로 기억된다.

입상 관련해서 보도 자료를 많이 썼고, 그로 인해서 입상자들이 많이 알려지게 되었다. 좋은 일이었다.

이 일들이 있고 나서 나중에는 근무 중에 화장실 가는 것이나 버스에서 내릴 때 지옥 같았다. 정신적으로 너무 힘들어서 뭔가 안 될 것 같고 무너질 것 같아서, 내가 퇴사를 결심하고 보고했다.

내 퇴사 전까지 보도 자료를 선임이 임시로 맡고 있었다. 스스로 내가 터득했던 컨펌 부분이나 자료 요청이 수월하게 진행되는 것을 보고 인수인계 없었던 나에게 언급이나마 해 주었으면 했던 부분들은 그 사람은 이미 다 알고 있는 부분이었다. 누굴 탓하랴.

그래도 항상 기자에게서도 전화가 자주 왔고 광고 관련 제안서도 많이 받았다.

한번은 마치고 여유가 있어서 타로점을 보러 가니 이렇게 말했다.

"9월 달에 특히 조심해라. 겉보기에는 멀쩡해도 다 썩어 들어가고 있다. 무조건 잘못했다고 빌어라."

그 내용에 대해서는 짐작 가는 바가 없었다. 그저 그러려니 하고 넘어갔다.

이동 시간이 한 시간 30분에 아침 6시에 일어나고 촬영 다니고 하다 보니 살이 빠졌다. 같이 점심을 먹을 때 중간 관리자는 "신 선생의 스트레스는 스트레스의 '스'도 안 된다." 했다. 그 말을 듣고 처음에는 중간 관리자의 경험에서 나온 소리인 줄 알았지만 나중에는 나를 격려하기 위한 말임을 알게 된다.

이제 약속한 퇴직이 얼마 남지 않게 되었다. 그래서 주변을 정리하고 주위 사람들에게 이별의 선물을 하고 마지막 홍보실 외식을 하고 안녕했다.

별일이 다 있었던 ○○대학교 근무, 힘들었지만 지금 생각해 보면 조직의 모습은 내가 처음으로 경험해 보는 그런 조용하고 고도화적인 전문성이 요구되는 일터였고, 돈의 액수가 크고 업무의 난이도가 높아 처음이자 마지막으로 참된 직장의 체험을 할 수 있었던 곳으로 기억된다.

○○대학교는 나라일터나 사람인에서 보고 지원했던 것 같다. 공지문을 보았고 대학 회계 계약직으로, 출산 휴가 대체로 근무하는 조건이었고 단기간 근무였다.

지원할 때는 예전에 인턴 했을 때와 ○○처 근무했을 때를 부각시켜 이야기했고, 책을 출판했으며 글에 대해서 조예가 깊다고 어필했다.

○○대학교 안에 있는 협동조합에도 같이 지원했었는데 동일한 이력서와 자기소개서로 지원했다.

협동조합에는 떨어졌고 ○○대학교에는 서류 합격을 했다. 기적은 서류 합격자가 나밖에 없었다. 면접 당일은 무기 계약직 미화원으로 지원한 이들이 열 명 들어오고 행정직은 나밖에 없었다.

면접을 봤을 때 면접관이 나에게 몸집이 좋단 말을 하며, 몸 관리를 어떻게 할 것인지 물었다. 그때 나는 합격하면 근처 절에서 108배를 매일 하겠다고 했다. 마지막으로 어필을 해 보라고 했을 때 내가 강조한 것이 "누구에게나 커뮤니케이션을 하겠습니다."는 것이었고 "제가 잘하지 못한 건 상사의 잘못으로 비쳐질 수 있으니, 조직 생활에서 항상 조심하겠습니다."라는 식으로 이야기했다.

그렇게 이야기하고 보니 붙었다.

나중에 중간 관리자에게 내가 붙은 이유에 대해 물으니 "홍보 담당관으로서 적합한 이력과 자기소개서를 썼기에 충분히 면접 볼 자격이 있었다."라고 이야기했다.

여담

한번은 보도 자료 홈페이지 누락 게시로 인해 홍보실의 분위기가 좋지 않았다. 나는 선임의 편이 되어 주기로 하고 난 바로 며칠 뒤라 아무 말을 하지 않았다. 일이 터졌을 때 팀장과 타 과에 있는 사람들을 불러 모아 홍보실 선임이 생각하는 이야기와 자신이 합리화한 사실로 사람들을 불러 모아 뒷담화를 했다.

나는 계속 듣고 있었지만 결국에는 나에 대한 '뒷담화'였다. 홍보 담당관이라는 직책으로 뒷담화를 듣게 되어 그렇게 좋지는 않았다. 사람이 있는 곳에서 말을 해 주시니 할 말 하고 사는 것이 권력같이 느껴졌고 내가 부속품이나 나사같이 느껴지는 순간이었다.

8

다 하지 못한 이야기

스튜디오 화재 사건

2020년 9월 20일에는 오전 4시에 일어났다.

그날은 어김없이 날씨가 맑았다. 맑다기보다는 새벽부터 달님의 기운이 햇님에게 아침으로 빛을 전하던 때였다. 마침 새 카메라를 샀고, 첫 출사에 나갈 기분으로 들뜬 날이기도 했다. 샤워를 하고 이를 닦고 아침에 먹을 약을 챙겼다. 30분도 채 되지 않는 시간에 모든 준비를 마쳤다.

자기 전에 옷이며 카메라 정비를 마쳐 두었기 때문이었다. 아침 5시쯤에 나갔다. 원래 기차는 오전 8시 기차이지만 일찍 준비를 마쳤고, 이왕이면 일찍 나가는 게 좋다는 인식이나 습관 때문에 일찍 집을 나섰다. KTX 모바일 웹으로 여행 변경 메뉴를 보니 아침 6시 10분 차가 있어서 여행을 변경했다.

집에서 가까운 도로에는 심야에 레이스를 하듯이 차들이 쌩쌩 달렸고 사람이 없었다. 버스 정류장에 도착하는 시간을 알려 주는 기계를 보았는데 대기 시간이 30분에서 80분까지 되어 있는 버스알림 시간을 볼 수 있었다. 나는 지하철이 오전 5시쯤에 운행하는 것을 기억하고 있었기에 지하철 역으로 갔다.

지하철에 표를 찍고 가 보니 약 10여 명의 사람들이 지하철이 오기를 기다리고 있었다. 나도 그들과 같이 기다렸다. 10분 뒤에 지하철이 왔다. 지하철에 제법 많은 사람들이 타고 있었다. 그때까진 아무 일도 일어나지 않았다. 그저 평범한 새벽에 나가는 출사였다.

부산역에 도착하니 아직 오전 6시가 되지 않은 시간이었다. 급히 역으로 향했다. 역으로 향했을 때 기차 시간표 전광판에 내가 탈 기차의 진행 상황을 보았고, 생수를 사야겠다는 생각이 들어서 편의점에 들어가 생수 한 병을 샀다.

부산역 역사에 의자가 많은 곳이 있는데 거기 중앙에 앉았다. 듬성듬성 사람들이 앉아 있었고 중앙에 앉았기 때문에 내가 앉아 있는 곳에 누군가 오리라는 것은 생각지도 않았다. 그런데 누군가가 다가왔다.

"이거 타려면 어디로 가야 됩니까?"

나는 의자가 아주 많은 곳의 중앙에 앉아 있었는데, 그 사람은 그 질문을 하려고 거기까지 걸어 들어온 것이었다. 나는 전광판을 보고 기차를 타야 된다고 이야기했다. 그는 고맙다고 하며 사라졌다. 그때는 몰랐지만 항상 무슨 일이 일어나기 전에는 누군가 나에게 도움을 청하는 일이 많았다. 굳이 왜 가운데 의자까지 와서 나에게 물었던 걸까.

KTX에 탔다. 내가 탄 곳은 동반석이었다. 동반석 티켓은 열차 출발 하루 전에 모바일에 풀리기 때문에, 전날에는 일반인도 동반석을 구입할 수 있다. 나는 그 방법으로 동반석을 편하게 예매하고 사용했다.

동반석에는 때때로 자기 자리기 아닌데도 타는 사람이 있다. 그런 사람은 아주 작정하고 앉는다. 자기 자리가 아니기 때문에 함부로 앉는 것이라 작정하고 앉는 것이다. 의자에 발을 올리고 마스크도 턱밑으로 내리는 모습을 보이는데 역무원이 가끔씩 오면 불편해한다.

오늘 촬영에 대해서 내 감각이 불편한 듯이 대답했다.

'오늘은 무섭지 않은 사진을 찍는다. 그러나 그 사진은 엄청나게 무서워질 거다.'

그 이외의 이야기도 했지만 그 의미는 그 일이 끝났을 때 알게 된다. 오전 6시 10분에 KTX가 출발했다.

아침 기차는 뭔가 개운했다. 설레임 반과 기대 반이 있었다. 조금 피곤했지만 그래도 좋았다.

여러 역들을 거치고 물도 마시고, 음악도 듣고 했다.

수원역에 도착했다. 그때가 아침 9시였다. 아침을 먹지 못했고 시간은 많이 남아 있었다. 식사를 해결하기 위해 수원역 근처 거리를 둘러보고 있었다. 마침 눈에 띄는 집이 있어서 식사를 했다. 돈가스 집이었고 방역 수칙을 준수하는 집이라 느꼈다.

그도 그럴 것이 방문객 명부와 체온계와 에탄올 소독약이 있었던 것이다. 내가 첫 손님이었다. 식사를 기다리는 동안에 사진기를 써보면서 '이번 촬영은 역대급이 될 것 같다'는 기분이 들었다. 돈가스가 다 되어 나왔을 때 다른 손님들이 줄줄이 몰려왔다.

금세 아침의 테이블에 사람들이 가득 찼다. 식사를 마치고 밖으로 나와 지도 앱으로 목적지인 스튜디오를 찾아보니 버스가 3분 내로

도착한다고 나와 있었다. 그래서 정류장으로 향하고 있었는데, 마침 내가 타야 되는 버스가 조금 떨어져 있는 버스 정차로 앞으로 지나가고 있었다. 그걸 보고 나는 부리나케 뛰었고, 기사님이 나를 보셨는지 버스를 정차시켰다. "감사합니다." 하고 버스 단말기에 카드를 찍고 자리에 앉았다. 버스는 광역 버스였는지 오전 10시 정각에 출발했다.

버스는 노선대로 움직였고 시 경계를 넘는 듯했다. 그때까지만 해도 아무 생각 없이 앉아 있었고, 상록수역에 내려서 기다렸다. 오전 11시쯤이었다. 아침으로 돈가스를 먹은 탓에 화장실에 가고 싶어졌다. 지하철역 안에 화장실이 보여서 표를 끊고 역 안 화장실을 이용했다. 볼일을 마치고 보니까 표가 없는 것이었다. 잃어버렸던 것 같다. 아무리 찾아도 표가 없었다. 나가야 되는데 어떻게 할지 고민했다.

그때 떠오른 생각으로는 버스에서 환승 태그를 했기 때문에 출입하고 나가면 환승이 되리라 생각하고 카드를 찍었다. 빙고였다. 한 30분을 기다리고 계속 기다렸다. 코스어(코스튬 플레이어) A를 만났고, 코스어 B도 만났다. 같이 스튜디오로 향했다. 젊은 사장이 있었다.

내가 "이번이 네 번째 이용이 되겠네요."라고 했더니 사장님은 "세 번째 아닌가요?"라고 하셨다. 내가 농담조로 "스튜디오가 잘되고 있더라." 했더니 사장님은 "요즘 힘들어서 1년 안에 접어야 할 것 같아요." 하셨다. 다들 그러지 말라며 사장을 말렸다.

카메라를 준비를 하고 코스어 A와 B는 옷을 갈아입을 준비를 했다. 사장님은 "조명하고 이용 방법 아시니까 이용하다 가세요."라 하셔서 내가 "평소에는 그냥 계셨는데, 오늘은 나가시네요? 평소 이용 때는 편했는데…."라고 했지만, 사장님은 대꾸도 안 하고 나가셨다.

잠시 졸음이 왔기에 다른 분들이 준비하시는 틈을 타 나는 바닥에 앉아서 눈을 감았다. 입실을 오후 12시 50분에 하고 준비 시간 때 나는 졸았고, 준비가 끝난 코스어 B가 오후 1시 40분쯤에 촬영을 마쳤다. 그때 조명 기기 세 개를 콘센트에 꽂았고, 촬영을 시작했다.

테스트를 거쳐서 찍었는데 순간광으로 찍은 분위기는 잘 되지 않아서 ISO를 높게 잡아도 지속광으로 한번 나가 보려 했다. 그래서 조명 기기 세 대를 지속광으로 바꾸었다. 20분이 지났고 촬영은 세트장 안쪽으로 지속광으로 이용했다. 지속광 상태로 찍어 보고 상황을 보았다.

스튜디오 전등을 다 끄고 구도를 바꾸어서 스튜디오 안쪽에서 찍었다. 지속광 촬영으로 ISO를 높였고 그렇게 서른 장을 넘겼다.

그런데….

'팟!'

뭔가가 터지는 소리가 났다. 무슨 일인가 싶어서 소리 나는 쪽을 보았는데 조명 기기에 불이 붙었다. 작은 점의 불이 붙었고 점점 타들어 갔다. 급히 스튜디오 이곳저곳에 소화기가 있는지 찾아보았고 소화전도 찾아보았다. 없었다. 그리 불이 많이 붙지 않았던 때였기에 이렇게 저렇게 판단을 해 보았는데, 마침 생각난 곳이 인근 상가였다. 그곳에 가서 소화기를 빌려야겠다는 생각을 했고, 나는 CU 편의점에 들어가서 이야기했다.

"불이 났어요. 소화기 좀 빌려주세요."

주인이 소화기를 빌려주었다. 소화기를 빌리고 스튜디오의 불이

난 곳으로 갔는데 조명 기구 전체가 불길에 휩싸였고 불이 세력을 키우고 있었다. 내 입에는 항상 KF80 마스크를 끼고 있었기에 화재 연기의 영향을 적게 받았다. 화재 연기의 독성은 덜 받았지만 연기에서 나오는 열의 온도는 마치 뜨거운 사막의 모래와도 같았다.

나는 급히 소화기 핀을 뽑고 호스를 불로 향해 초기 진압을 시도했다. 진화는 성공적이었다. 사장이 와서 뒷수습을 했다. 검은 연기가 스튜디오에 가득 찼다. 초기 진압을 하고 다시 들어가 보니 잔불이 남아 있었다. 다시 소화기를 들고 불을 껐다. 모두들 검은 연기 속에서 우왕좌왕했다.

내가 낀 마스크는 필터 부분이 새카맣게 되었다. 마스크를 끼지 않았다면 일산화탄소를 잔뜩 마셨을 것이고, 진화도 어려웠을 것이다. 마스크는 신의 한 수였다.

코스어들이 사장의 뒷정리를 도와주려 했는데 사장이 말렸다.

인근 상가 주민들이 와서 무슨 일이냐고 물었다. 검은 연기가 올라오고 있다는 것이었다. 그래서 초기 진화에 성공했고 조명이 다 탄 정도로 끝났다고 이야기했다.

몇십 분 지나니 사장이 이야기했다.

"찝찝하시면 경찰서에서 경황 조사를 받는 게 좋을 텐데, 지금 스프링클러도 작동 안 되고 소화기도 창고 안에 있어서…. 일단 한 시간 요금은 빼 드릴게요."

우리는 이야기하지 않은 경찰서 조사 이야기를 사장님이 하셨다. 뭔가 꺼림직했지만 그렇게 화재 사건은 지나가는 듯했다. 다친 사람도 없었고, 다만 약간의 어지러움이 있었을 뿐 피해는 조명 기기 한

대 전소였고 그 이상 큰 피해는 없었다.

그렇게 우여곡절을 넘겼지만 촬영을 못 했기에 어디 다른 곳에서 촬영은 마쳐야 할 것 같았다. 다른 분들이 제의하신 대로 월화원에 갔다. 택시를 타고 가서 준비하고 촬영을 했다.

전화가 왔다. 사장이었다.

"제가 아는 사람한테 물어보니까, 렌탈식으로 빌리신 거니까 빌리신 것에 대해 비용 청구는 원래 해야 되는 거예요. 대여하셨고 저희가 피해를 본 거니까 한 시간 비용은 못 빼 드리구요. 그리고 SNS나 블로그에 이야기하지 마세요."

말투를 들어 보니 스튜디오 측에서 사건 처리를 한 시간 환불하지 않는 것으로 하자는 것이었다. 나에게는 그 말이 사장의 갑질로 들렸다. 계속 듣고 있자니 화가 났다.

"조명 기구 점검 안 하신 거라든지 소화기랑 비상구 막아 놓으신 세트가 소방법 위반이고, 진작 안내해 주셨어야 할 스튜디오 규정에도 없는 이야기를 이제야 하시는 등, 고지의 의무와 통지의 의무를 위반하신 건 어떻게 하실 거죠?" 하고 화재에 대한 명시와 시설에 대해 따지니 그런 건 우리가 상관할 게 아니라 했다.

열이 받았다. 하다 하다 나이 이야기가 나왔다. "내가 서른여섯 살인데 이런 경우는 처음이다."라고 하니 "나이랑 이게 상관있나요?" 더 화가 났다. "연기를 많이 마셨는데 일산화탄소에 중독되었다면 어떻게 책임질 거냐?" 했더니 "병원 가서 중독됐다고 판정 나면 변상해 드릴게요."라고 하시니 뭐라 이야기해야 될까? 나랑 대화를 하기 어려운지 그 사장은 코스어들과 통화하길 원했다. 그래서 좀 있다 걸라고 하고 끊었다.

잠시 뒤에 코스어가 전화를 받았고 나는 눈을 감고 감정을 추스르고 있었다. 너무 화나는 일이기에 감정이 굉장히 복잡했다. 초기 진화 성공과 현장 보존의 역할을 충실히 했는데 공치사는 고사하고 자기 변명만 하는 그 사장에게 너무나도 화가 날 수밖에 없었다. 짜증도 났다. 분노가 가득했다. 씩씩거리며 밤늦게 부산에 도착하고 집으로 가서 잤다.

다음 날 일어났을 때 내 얼굴은 창백해져 있었다. 처음 생각난 것으로는 '그때 우리가 죽을 뻔했구나. 정말 죽을 뻔했다.' 진화 전에 코스어들이 제법 연기를 마신 상태였고 움직이지 못하는 상황이었다. 거기에 짐들이 다 있었던 이유도 있었다.

처음 겪는 일들이었기에 어떤 행동을 취해야 할지 몰랐다. 그 때 다들 몸을 움직이지 못했다고 했다. 새로 산 카메라를 보니 꼴 보기도 싫었다. 카메라 탓을 할 수밖에 없었지만 상황이 더 나빴으면 뇌 쪽으로 연기가 영향을 주었을 수도 있고, 다치거나 해서 응급실 치료를 받았을지도 모를 일이다.

누구에게는 사랑하는 딸이자 좋아하는 사람이고, 모두에게 친절한 친구이자 학생이었을 텐데. 상황이 악화되었다면 나는 무슨 염치로 그들에게 이야기를 할 수 있었을 것이며, 무슨 염치로 살아 있어야 했는지 생각하게 되었다.

우울했다. 나쁜 상황이 왔다는 가정은 나를 천하의 몹쓸 죄인으로 생각하게 했다. 내가 전등 기구의 스위치만 뺐더라도… 지속광을 켜지 않았다면, 잘 살펴보았다면. 물론 조명 기구에 지속광을 20분 켜

놔도 불은 안 붙는다.

　더 이상 카메라를 못 잡을 것만 같았다. 재미와 즐거움의 촬영의 기대가 큰일이 되어서 한동안은 굉장히 힘들었다. 원래 촬영은 재미있는 것이라는 마인드를 가지고 있었는데, 이번 일은 시간과 비용, 정신적 손해가 막심했고, 제일 큰 일은 촬영에 대한 재미가 싹 사라졌다는 것이다. 지금 생각해 보면 화재 대한 일은 우리가 해결해야 하는 상황이었기에 내가 느낀 책임감은 클 수밖에 없었다. 해결사가 없었기에 내가 해결사가 되어 일을 맡아야 했다.

　편의점에서 소화기를 빌려주신 편의점주를 '고객의 소리' 함을 이용해 칭찬했다. 그때 그 편의점이 아니었으면 모두 죽을 뻔했다는 이야기를 하며 일이 끝나는 듯했다.

보건소 콜센터 그 후

콜센터 근무 때의 한 사람을 사석에서 만났다. ○○대학교 홍보 담당관으로 들어갔었던 때 이야기다. 그동안 일어났던 모든 일들을 다 이야기해 주었다. 그 사람은 보건소 사람들이 바쁘게 지내고 있다고 이야기했고, 공석인 자리의 전화를 여러 콜 대신 받아 주었는데 고마움을 표하지 않은 담당자 관련 이야기 등등의 여러 가지를 이야기했다.

그래서 보건소는 정말 놀러 온 사람들 분위기였고, 그 당시 나를 무시했던 선생은 같은 장애인이었다는 이야기를 했다. 그리고 진도 지휘를 잘해 주신 선생님은 병가를 냈고, 인원이 부족하고 일 할 사람들이 계약 기간이 끝나서 신규로 보충되는 바람에 보건소가 제대로 돌아가지 않았다고 한다.

그리고 자기를 아랫사람처럼 부리는 사람들과 엉망인 사람들에게서 별별 이야기를 다 들었다 한다. 감사 나올 때는 담당자가 지시해 일하는 분위기를 만들라 했고, 포스트잇으로 무언가 메모를 해 놓고 세팅을 하는 일도 했다고 한다. 감사는 허술했고, 자기 일을 하지 않는 피드백과 담당자는 정말 천하게 아랫사람을 대했다고 한다.

소설에서 과장에게 과자를 주었을 때 나에게 찬물을 끼얹었던 과장이, 내가 나온 뒤 내 자리에 있던 과자를 다른 사람이 과장에게 챙겨 주니 고맙게 먹었다고 한다.

제대로 일을 하는 사람들도 다들 차출되고 집단이 일을 하지 않는다는 이야기를 했다. 그리고 내가 전화를 잘 받는 모습을 보고 그렇게 열심히 받지 말라고 했던 이유도 거기에 있다고 했다. 동네 사람이니 그렇게 한 잔을 했고, 한 잔을 더 했다.

그렇게 어느 정도 이야기를 나누고 헤어졌다.

다 하지 못한 대학교 이야기

○○대학교 근무에서 나의 중간 관리자로 있었던 박 선생님 이야기를 하겠다. 홍보실의 박 선생님은 첫 인상은 그야말로 중간 관리자 모습이었다. 처음 보며 인사를 건네며 여러 가지 이야기를 했다.

근무를 하면서 어려운 점이 있을 때 도와주시고 힘써 주신 분이었지만 제대로 인사드리지 못함에 아쉽고 미안한 마음이 있다.

한번은 학교 옥상의 금연 구역으로 가서 박 선생님이 담배를 태우며 "열심히 하면 여기저기서 부를 것이다."라고 말씀해 주셨다. 그때 나는 "제가 홍보 담당관 할 만한 자격이 됩니까?" 했을 때, "충분히 자격이 되어서 뽑았고, 서류나 면접도 업무에 맞다고 해서 뽑힌 것이니 너무 걱정 마라."라고 이야기를 했다.

후에 점점 사업이나 학교 관련 언론 대응이나 보도 자료 면에서 항상 컨펌을 했는데, 초반에는 관계가 그리 돈독하진 않았다.

언제 게시글 누락을 일으킨 책임을 홍보실에서 지게 되었을 때, 중간 관리자였던 박 선생님이 많이 혼나시고 무능한 사람이라는 말까지 듣게 되었다는 이야기를 듣고는 괴로워했다. 그러나 별 위로를 하지 못했다.

그저 말씀드리는 것은 "박 선생님 억울하신 것에 대해서는, 제가 나중에 선생님은 항상 일을 열심히 하는 분이라고 여러 사람들 앞에서 이야기를 하겠다."라고 이야기를 했다. 그 말이 치유가 되어 드리지는 못했던 것 같다.

보도 자료에 오탈자가 하나씩 발견되는 경우도 있었는데 그럴 때마다 무언가 괴로움을 여과 없이 표현하셨다. 그 부분을 볼 때마다 트라우마나 고통이 상당하다는 인상을 받게 되었다.

항상 자신보다 어리고 얕은 사람인 나에게 "신 선생" 명칭을 써주시고 존대해 주셨을 때는 그것이 존중받는 것이라 느꼈다. 박 선생님께서 더 대단한 분이셨지만 나는 과분한 존중을 받았다.

후에 문제가 나거나 어려움이 발생하면 항상 중간 관리를 잘하시고 예의가 바른 사람이었다.

일이 2개월 정도 지났을 때는, 업무 보고나 언론 관련 알아보는 내용들에 대해 서로가 회의하며 토론하는 일들을 벌였다. 때로는 학생 식당이나 교직원 식당에서 한 번씩 식사를 계산하기도 했다.

퇴사가 정해졌을 때, 박 선생님은 서운해하셨지만 그래도 끝까지 잘되리라고 좋은 말씀을 해 주셨다. 마지막 가는 길에도 "나중에 신 선생은 복 받을거다."라며 안녕의 메시지를 주셨다.

힘들고 어려웠던 ○○대학교 홍보 담당관 업무는 중간 관리자이신 박 선생님을 만나지 않았다면 중도에 나갔으리라 생각한다. 그만큼 버텼다는 것을 나는 긍정적으로 생각하며 바라보기로 했다.

박 선생님, 감사합니다.

신경정신과 의사 토막 이야기

어느 날 아버지께서 내가 다니는 신경정신외과 병원에 나와 같이 가셨다. 현재 내가 먹는 약을 줄이는 방법과, 어디서 들으셨는지 주사 치료하는 법에 대해 의사에게 이야기했다.

의사는 대답하길 "약물을 줄이면 아드님이 위험할 수 있고, 주사 치료제는 약을 먹지 않으려는 사람을 위해 개발된 것이며 장단점이 있다."라고 했다. 아버지가 계속 포기하지 않으시자, 의사는 "아드님은 제가 만난 환자들 중에 직업을 꾸준히 유지하는 부분에서 다섯 손가락 안에 꼽는 환자이며, 특히 일반 직종에 지원한 사람은 몇 안 됩니다. 일반 직종이라 하더라도 단순 보조 업무나 복지 계열의 일자리에서 일하지, 아드님처럼 일을 과제처럼 해서 실적을 내는 일은 극히 드문 사례입니다. 아드님을 좀 지켜봐 주셔야지 너무 많이 간섭하시면 안 됩니다."라고 했다. 그 말을 듣고 아버지는 수긍하신 듯 먼저 집으로 가셨다.

나는 '내가 생활하는 것이 다른 정신장애인과 비교해서 평균인 줄 알았는데, 아니었구나.' 하는 생각을 가지게 되었다.

일상의 싫은 기억

어느 날 산이었다.

등산으로 마음을 다스리던 그때 집에서 배송해 온 외국 마시멜로 과자를 하나 씹었다.

딱! 소리와 함께 무언가 이물질이 빠졌다.

노란색 덩어리가 빠졌는데 알고 봤더니 때워 놓은 금니였다. 어머니께 전화를 하고 떨어진 금니를 붙이러 치과에 갔다. 치과에 갔더니 의사 선생님께서 자초지종을 들어 보시고 이야기하셨다.

"지금 금니 때운 자리에 충치가 파고들어 가서 금니가 맞지 않게 되었으니 새로 때워야 한다."

그 말을 하시고 새로 때우는 데 비용이 50만 원이 든다 하셨다. 큰 비용이 드는 것이지만 사실 어떻게든 지불할 수는 있었다.

집에서 의논해 본다고 하고 한 군데에서의 진단으로는 부족해 두 번째 치과에 가서 견적을 내 보았다. 거기서는 치과 엑스레이도 찍어 보고 결단을 내려 보니 시술해야 되는 것이 신경 치료와 충치 치료, 그리고 씌우는 치료 등등을 거쳐서 예산이 80만 원이 든다고 하셨다.

알았다고 하고 집으로 돌아왔다.

집에 어머니가 계셔서 위의 자초지종을 말씀드리려 했다. 자초지종을 말씀드리려고 하려는 순간에도 뭔가 화가 나신 것인지 씩씩거리셨고 나는 차분하게 말씀을 드렸는데 높은 언성으로 나를 꾸짖으셨다.

"네가 평소에도 탄산음료를 많이 마셔서 이가 썩게 되었다. 네가 그렇게 마실 때부터 알아봤다."

그러한 험담에도 나는 차분히 말씀을 이었지만, 들려오는 답변은 거의 시비나 호통이었고, 나는 대화가 되지 않는 것으로 판단해 나와 버렸다. 내 판단에는 내가 부담할 수 있는 50만 원을 부른 처음의 치과로 가기로 생각하고 있었다.

방으로 들어가서 나오지 않았고, 방으로 들어가 내 업무를 보고 있는 사이에도 내가 말한 것들이 생각나서 좀 억울했다. 정말 내 잘못으로 썩었다면 나머지 것들도 썩어야 하지만 나머지 치아는 멀쩡했기 때문이다.

다음 날 아침에 오전 11시에 기상하니 카톡으로 치아를 가지고 오라는 이야기를 하셨다. 사전에 이야기 없이 하신 행동이고 어차피 50만 원에 가는 치과를 간다고 쓰고 어제 화를 낸 부분에 대해 따졌다. 그렇게 하니 카톡으로도 말싸움이 번졌다.

기분이 정말 나빠져 생각을 바꿔 보니 정신과에 가서 상담을 해야 될 것 같았다. 만사 제쳐 두고 정신과에 가서 상담을 받았다. 정신과에서 원장님께 이야기를 했고 관련 카톡 내용도 보여 드렸다. 원장님은 "치료를 받으면 되는 문제인데, 투병 중인 환자를 너무 힘들게 한다."라고 말씀하셨고, 치료받으면서 내가 노력한 점과 일반적으로 살아가는 모습에 대해서 위로를 하셨다. 나는 "신경이 지금 안정이 되지 않으니 마음을 억누를 수 있는 주사 처방과 간 수치 검사와 2주치 신경안정제 처방을 원합니다."라고 했다.

감정을 가라앉히는 주사를 맞고 간 검사를 위해 피를 뽑고 10일치 화를 억누르는 약을 처방받았다.

주사는 어지러움을 일으켰고 그건 집에 갈 때까지 지속됐다.

돌아가는 중에 계속해서 어지러웠고 오만 생각이 다났다. 증오를 생각하고 실천하는 스타일은 아니지만 폭력을 쓰고 싶어졌고 짜증을 토로하고 싶었다. 무언가 자꾸 나쁘게 흘러가는 것 같았지만 이러한 감정을 맛보는 것도 참으로 오랜만이라는 생각이 들었다.

밖에서 상담이 필요할 것 같아서 타로를 보니 좋은 결과가 있을 것이라고 이야기하셨다.

집으로 돌아왔고 좀 뒤에 아버지께서는 잠긴 문을 두드리셨지만 나는 열지 않았다.

다음 날. 주사약 부작용이었을까? 예민함과 짜증이 몰려왔다. 장애인고용공단에 가서 취업 성공 패키지 접수를 해야 한다. 분노의 감정이 몰려왔다. 어제 주사를 맞아서인지 앉아 있을 때 평소에 떨지 않던 다리를 떨었고 짜증의 느낌이 많이 많이 났다.

취업 성공 패키지를 접수하려는데 담당자가 존댓말과 반말을 섞어서 응대했고, 나는 거기서 많은 짜증을 느꼈다. 서류 준비가 덜 되었다 하셔서 바깥 복사집에서 복사를 마치고 생각했는데, 담당 공무원의 태도가 마음에 들지 않아서 한 번 더 경솔하게 굴면 화를 내려 했다. 건널목을 건너려 했을 때 ○○○정신건강복지센터에서 전화가 왔다. 그렇지만 나는 받을 수 없었다. 상황도 안 좋고 감정도 받을 만한 여력이 되지 않아서 받지 못했다.

다시 장애인공단을 찾았을 때, 서류를 주고 존댓말과 반말을 섞어서 이야기하진 않았다. 그래서 원활하게 할 일들을 하고 나는 집으로 돌아왔다.

결국은 아버지께서 상황을 알아보시고 중재해 주셨고 내가 먼저 사과했다. 치아는, 아는 치과에서 8만 원에 씌웠다.

이러한 일 중에 ○○○신경정신과에서 검사한 간 검사에서는 정상치보다 너무 높은 간 수치인 340이 나왔다. 그래서 내과에서 치료를 받으라 했다.

마침 국민건강보험에서 건강검진이 있어서 초음파와 엑스레이와 피검사를 같이 받았다. 아침에 금식하고 갔더니 혈압이 높았다.

그렇게 간 약을 타 먹으니 입맛이 없었고 허기지지 않았다. 그래서 7일 동안 죽만 먹고 관리했다.

틈틈이 발렌타인데이 게시 목적의 출사 요청이 들어와서 촬영하고 밥을 먹었는데 나는 세 숟갈 정도만 먹고 끝냈다.

나중에 결과를 보니 간 수치는 높았지만 정상보다 수치가 8 정도 높았고 콜레스테롤이 조금 있었고 CT 결과는 5밀리미터의 양성 종양이 있었는데 몇 년 지나고 나서 다시 찍자고 했다. 결론적으로는 경미한 몸 이상 정도만 있다고 판정이 내려졌다.

간은 한 달 정도 더 약을 먹기로 했다. 약을 먹으니 식욕이나 입맛이 없어서 식이 조절로 관리하기로 했다.

치아가 빠지고 내가 어려워져 있을 때도 나는 어쩔 수 없는 장애인이었다.

내 마음속의 신을 움직이다_직업사회 편

카메라 팔이

○○구청을 그만두고 2개월간의 공백기에 신용카드 할부금과 대출 이자가 발생했다. 수중에 있는 금액은 100만 원 남짓이었고 아무런 다른 기약이 없었다.

지원은 계속하는데 채용이 될지 안 될지 모르는 상황. 그 상황에서 내가 할 수 있는 건, 어떻게든 돈을 마련해야 된다는 생각뿐이었다.

그래서 그 당시 내가 팔 수 있는 것을 보니, 새로 산 노트북과 소니 카메라가 있었다. A7R3를 보유하고 있었다. 새 노트북은 110만 원짜리였는데, 중고 포털 사이트에 100만 원에 올리니 금세 팔렸다.

그래도 돈이 부족해 소니 A7R3를 중고 사이트에 190만 원에 올렸다. 살 때는 240만 원을 주었다. 그것도 금방 사겠다는 사람이 나타나 부산에서 접선했다. 구매자가 보더니 대뜸 카메라 센서에 먼지 묻은 것을 문제 삼았는데, 센서 클리닉을 받으면 되는 문제라고 이야기했다.

그리하여 카메라를 팔고 300만 원 정도 되는 돈으로 신용카드 할부금과 대출 이자를 냈다.

그 사이에 카메라 필요한 일이 생겨서 신용카드 할부금을 갚아서 생긴 한도로 A7M3를 샀다. 다섯 번 촬영을 니기고 6월이 돼서 다시 팔았다.

6월 달이 되어 ○○대학교 홍보 담당관에 임용되었고, 카메라는 A7R3A를 샀고 다시 잘나가는 줄 알았다. 카메라는 기변 했고 월급이 어느 정도 돌았을 때 다시 A7R4A로 기변 했다. 렌즈도 바티스 칼자이즈로 전자계의 단렌즈로 바꾸었다.

○○대학교는 9월 달에 사직할 마음으로 사직서를 냈고, 사직서 내기 전에 이번에는 금리가 낮은 곳에서 추가 대출을 500만 원을 받았다. 이직 기간 동안 쓰려고 했다.

서류 합격 해 놓은 곳들이 있었고 나는 당연히 합격되리라 생각했다. 그런데 계획했던 것보다 취업이 되지 않고 경쟁이 매우 셌다.

500만 원 추가 대출받은 것을 점점 대출 이자와 신용카드값으로 까먹더니 12월 달 가서는 돈이 반 이상 줄게 되었다. 그리하여 가지고 있던 A7R4A를 팔게 되었고 중고 포털 사이트에서 사겠다는 사람이 있어서 서울 가서 340만 원짜리 카메라를 280만 원에 팔았다. 3개월도 안 된 애기를 팔아 버린 것이었다.

촬영 문의는 계속 들어오는 터라 중고 시세를 보니 A7R2로 기변하려 했었으나 매물이 없었다. 온라인으로 사기에는 신용카드 한도가 많이 없었다. 그래서 부산 카메라 가게를 조사하고 운 좋게도 A7R2를 파는 가게를 알아냈다.

사전에 방문 이력이 있었던 그 가게는 예전에 A7R2를 110만 원에 팔겠다고 했으나 120만 원으로 이야기를 다시 했다. 그래서 생각해 보겠다고 왔으나 아무리 생각해도 오프라인 가게에서 사는 게 유리하다 생각이 자꾸 들게 되어 A7R2를 사겠다고 했다.

카드 100만 원을 주고 5만 원을 더 얹어서 25만 원 현금으로 해서 125만 원에 거래했다. 그리고 차 한잔하시라고 2만 원을 봉투에 넣어주었다. 그랬더니,

"내 50년 동안 거래하면서 차 사 먹으라고 돈 주는 사람 처음이다."
하셨다.

그러고는 카메라 융을 서비스로 주셨다.

그렇게 A7R2를 사용하게 되었다. 그렇게 또 다섯 번의 출사를 거치고 1월이 지나니 한계가 오기 시작했다. 그래서 A7R2도 팔아 버려야 되는 상황이 왔다.

A7R2는 매물이 없어서 금세 팔릴 것 같았지만 허탈하게 거래 약속을 잡기 어려웠고, 중도에 거래하고자 하는 사람이 운 좋게 약속을 잡게 되어서 공익 근무 요원으로 근무하는 사람에게 A7R2를 팔아 버렸다.

그래서 다시 110만 원에 팔았고, 취업 지원에 대해서 독하게 알아보았다. 그렇지만 1월 달에는 구인을 하는 곳이 없었다.

내 사진이 인기가 좋은지 촬영 문의가 몇 건 들어왔는데 몇몇은 거절했지만 여러 번 문의를 해 온 사람의 촬영은 거절하지 못했다.

그래서 카메라를 렌탈해서 가자는 결론을 냈다. 렌탈비도 들었고 여러모로 어려웠다.

어려운 점을 트위터 지인에게 털어놓으니 자신의 카메라를 빌려주겠다고 했다. 그건 캐논 EOS 100D였다. 100D 중고 가격을 보니 현재

15만 원 정도 했다. 없는 것보다는 나을 것이라고 생각해 빌렸다. 원히는 것이 있으면 들어준다 하며 대형 마트에서 원하는 과자 몇 개를 사 주었다.

사진기 100D를 가지고 시도해 보았다. "장인은 장비 탓을 하지 않는다."라는 말이 있다. 마침 서울 출사가 있어서 100D를 가지고 촬영했다. 렌즈는 구구 계륵 렌즈 캐논 EF (28-70) 2.8F를 썼는데 이게 20년 된 렌즈다.

스튜디오에서 촬영을 했는데 그렇게 감이 나쁘지 않았다. 촬영을 끝내니 잘 찍혀 있었고, 나중에 사진도 다 보내 드렸다.

카메라 화면으로 봤을 때는 이상이 없었지만, 디테일함이 떨어지는 경우가 있어서 보정할 때 극한 보정을 했다고 한다.

100D의 한계를 느끼고 쓸 만한 바디를 찾으려 했다. 그때 자주 거래하던 카메라 오프라인 샵에서 A7R3 중고가 들어왔다고 알려 주었고, 어떻게든 되겠지 하는 마음으로 당장 달려가서 이야기를 들었다. 원래는 A7R3 중고를 받으면 사전에 연락주겠다고 했는데 한 달 이상 늦게 연락이 온 것이다.

그리고 어머니께서 돈 갚는 데 쓰라고 300만 원을 출자해 주셨다. 이 돈을 받고 단기 카드 대출을 갚고 한도를 늘려서 중고 A7R3를 거래하려 했다.

카메라 가게에 가서 내가 처음 한 말은 "갑자기 연락주셔서 이거 계획에 없는 일이 생겼네."였다. 그래서 "지금 계획에 없던 지출을 하게 생겨서 분할로 계산할게요." 했다.

사장은 흔쾌히 그러라 하서서 금액을 물어보니 184만 원이라고 이야기해 주셨다.

단기 카드 대출 갚은 100만 원의 한도를 24개월 하고 다른 신용카드에서 50만 원을 24개월 하고 나머지 금액 40만 원을 현금으로 주었다. 카드를 두 장 분할로 썼기에 190을 받아야 한다 해서 그리 주었다.

그래서 끝까지 "제가 이번 지출은 계획이 없었습니다. 잘 쓸게요." 하고 나와 버렸다.

정말 다행인 것은 A7R3라도 있어서 촬영을 정상적으로 할 수 있었고, 고퀄리티의 사진을 촬영하고 많은 촬영들을 성공적으로 진행할 수 있었다는 것이다.

이렇게 카메라를 팔고 굽이굽이 돈에 대한 문제를 어떻게든 막아 보려 했다. 하지만 잘되지 않았다.

사실 여담이지만 만약에 연체를 지거나 하는 일이 생기면 어쩌나 싶어서 신용회복위원회에 가서 도움을 요청하려고도 했다. 그러나 연체를 3개월 이상 하면 원금만 갚는 제도가 있다고 해서 연체를 해야 되는 방법밖에 없어서 결국 포기하고 나와 버렸다.

지금 여윳돈을 다 써 버린 상태만 남았다. 취업이 되어야 했다.

가뭄의 단비

여윳돈을 다 써 버리고 돈을 융통할 곳이 마땅치 않게 된다. 그리하여 생각해 보니 지금 있는 자산을 현금화할 수 있는 게 무엇인지 보았다.

○○은행 거래 통장에 보니 내 이름으로 300만 원 주택청약통장이 있었다. 자세히 알아보니 예금 담보 대출을 받을 수 있다고 했다. 예금액의 일정 부분까지 마이너스 통장 형식으로 대출하고 돈을 갚는 것이었다.

돈이 정말 없었고 쓸 만한 게 없었기에 주저없이 처음 한도는 170만 원까지로 설정해 놓고 기다리기로 한다.

채용으로는 공공 기관 세 곳과 콜센터 상담원 쪽으로 한 곳이 붙었다. 면접을 공공 기관 한 곳을 봤고 상담원 쪽을 보았다. 전혀 긴장하지 않고 면접을 보았다.

결과를 기다리는데 공공 기관 한 곳은 예비 1번이 되었고 콜센터 상담원 쪽은 결과 발표가 늦어졌다. 공공 기관 두 곳은 좀 더 기다려야 나오더라.

발표가 늦어지는 바람에 새롭게 이력서를 넣기가 어려웠다. 조건이 좋았고 면접도 잘 보았다고 생각했던 회사였기에 잔뜩 기대를 하고 있었기 때문이다.

그곳이 아니면 죽음이라는 생각을 했다.

그래서 발표를 기다리고 있는데 3월의 마지막 자락 어느 날, 오후에 발표가 났다. 발표가 났는데 나는 채용되지 않았다.

골치 아팠다. 다시 넣어야 하는가 싶었는데, 공공 기관 서류 넣은 곳에서 면접을 보러 오라고 했다. 공공 기관은 연구소였다.

연구소에 면접을 보러 갔고 면접 30분 전까지 대기하라는 문자를 받고도 한 시간 일찍 가서 기다리고 있었다. 입구에서 오게 된 목적과 신원을 밝히니 친절히 안내를 받고 입구에서 방문자증을 쓰게 된다.

약속된 30분 전보다 한 시간이나 더 남았기에 대기 명령을 받았다. 거기서 연구소의 유튜브 소개를 보게 되었는데, 그곳에서 3대 핵심 과제와 부품과 기술을 어떻게 제공하고 어디에 쓰이는지, 또한 업무 협약 등을 맺고 글로벌로 진출한다는 등의 내용을 보게 된다.

왠지 이러한 정보가 면접 당락에 영향을 미칠 수 있을 것 같아서 30분 동안 칼같이 외워서 준비하고 있었다.

30분 대기 시간이 되어 입장을 하게 되었고 나는 대기석에서 30분을 조용히 기다리고 있었다. 스마트폰도 보지 않고 유튜브에서 본 내용들을 달달 외우고 있었다.

25분이 지나니 한 명의 지원자가 더 왔다. 그 지원자는 손과 다리를 좀 떨고 있었고 스마트폰을 계속 만지며 면접 차례를 기다리고 있었다.

안내를 받아 내가 첫 면접으로 들어갔다. 면접장에는 다섯 분의 면접관과 감시원이 자리를 함께했다. 면접을 보는데 감사가 앉아 있으리라고는 상상도 못했다.

면접은 무슨 기관에 근무했고 어떠한 직장 포털 사이트로 일을 했으며, 취업 기간이 짧은 것은 1년 미만의 고용에 지원했기 때문이라고 솔직히 말씀드렸다. 그리고 지원 동기에 대해서도 행정 업무의 경력을 이용하고자 왔다는 말도 빠짐없이 했다.

간단히 자격증에 관련해 물었고 대학교 경력은 왜 개인 사유로 그만두었는지 물었다. 그리고 돌발 상황이 일어났을 때 어떻게 대처하는지 물었다. 성의있게 대답했고 내 응답이 빨랐기에 면접은 정말 단시간에 끝났다.

마지막으로 하고 싶은 말에 대한 기회를 주서서 앞에 연구원에서 추진하는 3대 대표 과제와 MOU 협약 체결에 대해 이야기했고 대표적으로 기술을 받은 곳에 대해서 이야기했고, 글로벌로 선진해 나가는 연구원의 세계에 대한 협업과 기여를 계속 하고 있다고 말을 하고 마쳤다.

이러한 점이 플러스가 되었는지 아주 좋아하셨고 다들 웃으면서 끝낼 수 있었다.

그리고 결과를 기다렸고, 초조하게 기다린 3월의 끝날에 연구원에서 합격 통지를 받게 된다.

그리하여 나는 '연구별정 2급'으로 부산의 어느 연구원에 입원入園을 하게 되었다.

9

할 말을 짓다

신진행의 Q&A

조현병 환자 입장에서 쓰다

첫 번째 책은 제 이야기로만 구성되어 있었기에 조금이나마 환자 본인과 이 과정을 함께하는 가족분들, 그리고 여러 사람들에게 이야 기하고자 이번 '직업사회 편'에서는 조현병 환자 입장에서 느끼고 겪 었던 일들을 토대로, 과연 조현병이라는 것은 어떤 느낌과 어떤 감정 으로 다가오는지 거기에 대한 자문자답을 해 볼 생각입니다.

13개의 질문과 답변

Q1.

조현병의 재발율이 높다고 해서 약을 먹지 않고 힘들어하는 경우가 주변에 종종 있습니다. 조현병을 치료하는 방법을 어떻게 이해해야 하나요?

A1. 조현병을 겪었던 환자로서 이야기하자면, 처음 조현병 판정을 받고 약을 먹었을 때가 기억이 나네요. 모든 감각이 절제되고 말투도 어눌해지고, 생각도 묶여 있는 듯했습니다. 그래서 약을 한 번씩 빼먹고 병원에서 하는 치료를 신뢰하지 않았습니다.

제 경우는 당시 학업이나 생활 면에서의 불편으로 약 복용을 등한시했던 결과, 유지 치료에서 병이 양성적인 성질을 띄게 되어 1차로 재발했습니다. 보험회사를 정상적으로 다니려고 했을 때 2차로 재발했습니다. 그것에 대한 대가는 폐쇄 병동에 입원하는 것이었고, 3년간 몸이 멀쩡해도 제대로 가누지 못하는 상태로 갔습니다.

지금 생각하기에 그 이유는 제가 조현병 치료를 처음에 이해할 때, 어렸을 적에 병을 치료받던 방식, 즉 내과 질환의 치료 방식을 생각하고 접근했기 때문이 아닌가 싶습니다.

감기에 걸리면 약을 먹고 며칠간 조리하면 나아지고, 사고가 나서 다치면 수술을 하고 길지 않은 시간을 보내면 회복됩니다.

그러한 내과적인 방법이나 외과적인 방법, 흔히 일상의 치료법과 유사한 것으로 짐작해 '조현병도 그렇게 접근하면 나아지겠지.'라는 생각을 가지고 접근했다는 이유가 크다고 봅니다.

그리고 조현병은 상처가 난다는 비유보다는 '뇌 속에 입혀진다'는 생각으로 접근해야 될 것입니다. 나에게 붙어서 떨어지지 않기 때문에 치료는 장기전으로 갈 수밖에 없으며 장기 치료 후에도 사후 관리 또한 중요합니다. 입혀지는 것과 유사하므로, 어떻게 적응해 나가느냐에 따라 상황이 여러 가지로 발생합니다. 그렇기에 환자 개개인의 증상은 제각각이지만 기존에 흔히 받았던 방식이 아니라는 점을 생각해야 할 것입니다.

Q2.

조현병에 걸리고 투병 중에 의사 표현이 둔감해지고, 의지 또한 약해지거나 심지어는 살이 찌거나 마르거나 합니다. 그럴 때는 어떻게 해야 합니까?

A2. 제가 약을 먹으며 생활했을 때, 유창했던 말투가 어눌해져서 그걸 고치려고 항상 자각을 하고 있었습니다. 내 말투를 고치겠다는 의지가 항상 있었고 말을 어떻게 해야 하는지 고심했습니다.

비만하거나 마르거나 한 것은 운동과 식이요법을 행하는 법이 최선입니다. 저는 등산을 하거나 합니다. 약 부작용일 수 있겠지만 몸집이 좋아도 관리가 잘되면 힘들지 않습니다.

어려운 상황인 줄 알지만 사람을 만나서 대화를 하고 책을 한 페이지라도 읽을 수 있는 노력을 해야 합니다. 그렇게 하면 의사소통 부분에서 훈련을 할 수 있고 또 적응하게 되면 좋은 스킬로 쓸 수 있습니다.

교육을 받는 것도 도움이 됩니다. 저는 대학교 때 스피치 강의를 듣고 발음 교정에 상당한 도움을 받았습니다. 중간에 병을 당하는 바람에 조금은 어눌하지만 좋은 결과가 있었습니다.

제일 도움을 많이 받았던 건 동호회에서 활동할 때였습니다. 사람들과 같이 어울려서 보내는 것이 많이 도움되었습니다. 사진찍는 취미가 있어서 지금까지 800회 이상 촬영을 했습니다. 이미 말투에 대해서는 스스로 많은 교정을 받고 했습니다.

조현병에 걸리면 국가에서 해 주는 것이 있나요? 아니면 직업적인 부분에 대해서 혜택을 볼 수 있는 부분이 있을까요?

A3. 사실 저는 조현병에 걸리면 노후까지 국가에서 뭔가 해 주겠거니 생각을 하고 있었는데 몇 년 지나고 보니 국가에서 해 줄 수 있는 건 교통비나 수도세, 전기세 감면 같은 부분뿐이었습니다. 뭔가 다 될 것 같았는데 직장이나 생활 문제는 환자 본인이 스스로 해야 합니다.

저는 몸이 유지 치료 상태로 일을 할 수 있겠다 싶을 정도로 생각되었을 때 가장 먼저 했던 것이 구청에서 모집하는 '복지 일자리 사업'이었습니다. 복지 일자리 사업에서 가벼운 일자리를 먼저 시작해 1년간 감을 익히고, 장애인고용공단에서 장애인 채용으로 패스트푸드점 크루로 일하고, 1년간 스펙을 키워 다시 장애인고용공단의 대규모 알선으로 인해 대학 병원의 일자리에서 병실 관리를 2년쯤 했습니다.

이렇게 계단을 밟아 나가며 일을 했고 나중에는 ○○처나 개발원, 구청 콜센터나 대학교 행정과 연구별정직까지 오르게 되었습니다. 처음부터 잘할 수는 없으니 나름의 단계를 가지고 접근하면 취업에 성공할 수 있을 것입니다.

A4. 저 같은 경우에는 직장에 대한 색안경이 조금 있었죠. 장애인 전형으로 들어가서 밑바닥부터 일하면 상처를 받을 수 있는 일이 발생 가능합니다. 그 사람들이 못 배우고 사회적인 인식 자체가 낮은 것일 수도 있겠지만 결국은 가지고 있는 생각에 따라 다른 것 같습니다.

대학 병원의 간호조무사들이 조롱하는 일이나 반말 응대는 흔히 있을 수 있습니다. 일상에서 복지 카드를 보여 주면 아직까지는 '아랫사람'으로 생각하는 경우가 있습니다. 물론 공공 기관도 장애인이라 하면 낮은 계급처럼 보는 경우도 있었죠.

반대로 우연히 도움받은 경우도 있었습니다. 제가 버스를 타다가 넘어졌는데, 넘어지면서 스마트폰 카드함에서 복지 교통 카드가 나왔는데 그걸 보신 연세 지긋한 여사님께서 자리를 얼른 비켜 주신 적이 있습니다. 그래서 사회에서의 고마움을 느낀 바 있습니다.

조현병 판정을 받은 사람이 바깥 출입을 하지 않으려고 하고 치료도 거부하고 하는데 그럴 때는 어떻게 해야 합니까?

A5. 바깥 출입을 하지 않는 것은 나태하다고 생각하고 있겠지만 환자 입장에서는 투병 중입니다. 내과적 접근이 아닌 정신과적 치료로 진행되고 있다고 생각하셔야 할 것입니다. 조금씩 진행되는 변화가 있다면 같이 독려해 주시면 좋을 것입니다.

그리고 치료를 거부하면 도와줄 수 있는 병원을 알아보고 달래거나 병원에서 입원을 받을 수 있도록 도와주는 것이 좋습니다.

치료 거부가 부작용이나 약이 안 맞거나 할 수 있으니 약물 조절에 관심을 기울이신다면 쾌적한 약을 찾을 수 있을 것입니다.

Q6.

계속 투병 중이라면 별도의 노력을 어떻게 해야 할까요?

A6. 우선 무엇이라도 자신의 의지로 하는 것은 할 수 있도록 두시는 것이 좋습니다. 무언가 의지를 내보일 수 있는 것은 치료 초기에 정말 힘든 일입니다. 작은 것 하나도 꾸준히 할 수 있는 환경을 만들어 주면 좋습니다.

그리고 노력을 해야지 병 치료에 발전이 있습니다. 쉽게 접근할 수 있는 것부터 차근차근 시작하는 것이 좋습니다.

Q7.

조현병 환자인 아들이 갑자기 폭력적이고 괴기한 행동을 보일 때가 있습니다. 그럴 때는 어떻게 해야 할까요?

A7. 두 가지 생각이 듭니다. 폭력적이고 괴기한 행동을 보이는 것은 욕구를 표출하기 위한 것일 수도 있고, 환청이나 자신이 만들어 낸 믿음으로 인해 혼란스러워 저항하기 위해 행동하는 것일 수도 있습니다. 시간이 해결해 주는 것은 약을 먹고 잠을 자고, 자신에게 안전한 약물을 먹을 때입니다.

그렇기 때문에 약을 조절하거나 의사의 도움을 받아야겠죠. 그렇지만 첫 번째 책에서 '운명의 날'이라는 카테고리의 글에 환청의 지배가 있어서 엄마를 공격했던 일이 나옵니다. 그럴 경우에는 119를 부르는 게 좋겠죠?

Q8.

조현병으로 힘들었던 때를 소개해 주세요.

A8. 대학 병원 퇴원하고 나서부터 계속 동공이 땅기는 현상이 일어나고 맨날 밥도 먹지 못하고 구토하고 현기증은 최고로 나며 머리도 많이 아팠을 때가 있었죠. 3년째쯤이었던 그 기간에는 아무것도 할 수 없었던 때였기에 저는 폭풍후가 휘몰아쳤던 시간이었죠.

선택을 잘해야 된다는 것을 예전이나 지금도 쓰면서 느끼네요.

지금 신진행 씨는 어떤가요?

A9. 아침 약과 저녁 약을 먹습니다. 아침 약은 위장약이 있고 저녁 약은 주 치료제인 리스페리돈이 있습니다. 그 두 가지를 먹으면서 투병하고 있습니다. 너무 피곤해서 침대에 그냥 누워 버려서 한 번씩 빼먹을 때가 있는데 그럴 때 그다음 날은 난리가 나죠. 현기증에 시달리고 속이 좋지 않아서 고생을 합니다.

⎡Q⎤**10.**

책을 낼 수 있었던 이유는 무엇이며, 책이 무언가 도움이 되었나요?

A10. 먼저 책을 낼 수 있었던 것은 고등학교 때 독서를 많이 했던 덕분입니다. 그것이 도움이 되었고, 사실 10대 후반에 에세이집을 내려고 계획했던 것이 있었습니다. 그게 불씨가 되어서 가능한 일이었고, 틈틈이 썼던 70여 편의 단편소설도 좋았고, 그로 인해서 인문학과 행정 일을 할 수 있었던 것이라고 생각합니다.

책으로 조현병 환자의 투병기에 대해서 두 권의 책과 한 권의 단편소설집을 냈습니다. 일단 직장에 잘 다니는 것이 우선이죠. 그리고 책을 좀 더 많이 만들고 싶습니다. 여러 가지 사고를 하면서 이야기를 들려드리고 싶네요.

Q11.
꾸준히 유지 치료하고 노력하면 나중에 어떻게 될까요?

A11. 직업사회 편을 보셨듯이 항상 예측 못 할 일들이 발생합니다. 좌절이나 오해, 아니면 잘못된 주위의 행동으로 상처를 받기도 하겠죠. 그렇지만 그것은 쉽게 아물지 않습니다. 시간이 걸리는 일이기도 하지만 나아지면 새로운 자신을 발견할 수 있습니다.

참고로 이 병으로 투병한 지 20년 정도가 되어 가는데, 갈수록 점점 운명론자가 되는 현상을 발견할 수 있습니다. 내가 할 수 없는 일이거나 내가 겪어야 되는 일들은 거의 운명이 그러하다는 생각으로 지내고 있습니다.

거기에서 개척할 수 있는 일은 개척해야죠. 개척을 뛰어넘는 일을 했을 때 비로소 평온한 상태로 마무리할 수 있습니다.

과연 조현병은 무엇일까요?

A12. 제가 지금까지 오게 된 경험으로서는 정신적인 진화 과정이 아닐까 싶습니다. 무언가 성장하려면 고통이 따릅니다. 변화된 환경과 변이된 자신의 생각이나 상상 등등은 제 경험으로 볼 때 질병이라고 보기엔 너무 초자연적인 일들이 많았습니다. 때로는 이상한 행동이나 이상한 상상이나 과정을 첫 번째 책에도 수없이 적었습니다.

그래서 사람이 성장이 아닌 진화되는 과정이 아닌가 싶습니다. 억누르긴 힘들 것입니다. 제 경우에는 한 번씩 다른 행동을 하는 사람들은 나름의 사연이 있다고 예전에는 봐 왔지만, 정신적인 다른 사고를 하고 있다고 생각해 보기도 했습니다. 비정상이 아닌 정신적으로 앞서도록 진화하는, 보통 사람에서 벗어나는 것이라는 생각이 듭니다.

인류는 끊임없이 진화하고 있습니다. 여러분들의 눈에 보이는 인류는 생각보다 진화했습니다. 옛날과 지금의 다른 점은 우리도 더욱 정신장애인에 대한 과거의 편견을 깰 필요가 있다는 것을 말하고 싶습니다.

이제 갓 투병을 시작한 분들께 하고 싶은 말

A13. 조현병은 제 인생을 송두리째 바꿔 놨습니다. 평범한 인생을 사는 게 제 오랜 꿈이었지만, 스트레스와 여러 가지 악재를 만나면서 초자연적인 일들을 경험하게 되었습니다.

지금 아무것도 못 하고 상당한 발전이 없다고 해서 포기하지 마십시오. 어쩌면 조현병은 당신이 진화하고 있다는 증거일 수 있습니다. 진화의 진통을 기다리시고 지켜보시는 분들이 마음 아프시더라도 관심과 재활을 잘 하게 되면 틀림없이 먼 미래에는 발전해 있을 것입니다.

초자연적인 고통을 겪은 이는 무한히 성장하고 발전합니다. 제가 몇 년간 고통에 억눌려 살아 보니 그렇습니다. 힘내시길 바랍니다. 이 책은 여러분들을 응원하고, 제 경험을 유용하게 사용할 수 있도록 나누고자 쓰게 되었다는 점을 밝힙니다.

최선의 선택지

이번 차례에서는 신진행의 과거 조현병 상황에 대한 일들의 선택지를 가져 보며 어떻게 대처할 수 있는지 이야기 해 보고 피할 수 있는 방법에 대해 논의해 보고자 한다. 선택지에 도움이 되기를 바라며 시작해 본다.

1. 처음 조현병을 시작했던 상황

내가 집에서 기분 좋게 노래를 부르고 있었는데, 그 소리에 대한 반응으로 어디선가 '쿵쾅!' 하는 소리가 들려왔다. 내 노랫소리가 시끄럽다는 표현이었겠으나 나 또한 그 소리가 거슬렸고 그 소리에 내가 반응하고 있었다. 이럴 때는 어떻게 하는가?

A: 내 기분을 건드렸으므로 벽을 치며 대응한다.
B: 기분을 가라앉고 이것이 아무것도 아님을 생각한다.

해설

A번으로 선택했을 때 "어쭈." 하는 소리가 들려와 나는 더욱 더 그 소리에 집중하게 되었고, 그 집중한 소리에 민감하게 반응하여 온 정

신이 몰리게 되었다. 그리하여 조현병이 시작되었다. 사전에 만약 이러한 부분들을 알고 있었다면 민감하게 반응하지 않으며 기분을 가라앉히고, 그 일이 아무것도 아니라는 생각을 했을 것이다. 그리고 그것이 병으로의 발전을 막았을 것이다.

2. 소리에 반응하여 돌발적인 행동을 하다

소리에 반응하여 환청 등 여러 가지 상황들을 마주하게 되었다. 집이나 학원, 내가 가는 모든 곳에서 사람들이 나를 조롱하고 나에 관한 이야기를 나누는 것 같다. 이 상황을 어떻게 받아들이나?

> A: 내가 처한 상황이 모두 나와 관계된 것이라 생각한다.
> B: 이게 병이라고 인지하고 재빨리 치료를 받는다.

해설

내가 처한 상황에서 모든 사람이 나를 조롱하고 있고, 모든 게 나와 관계성이 있다는 생각을 하게 되었다. 아마 처음 병이 시작되었던 상황에서 나에게 영향을 끼친 것들의 연관성을 생각하다 보니 그렇게 된 것 같다. 어느 정도 이러한 생각이 진행되었다면, 그것들이 나에게 끼친 영향성에 대해 생각하고 재빨리 증상을 없애는 것에 초점을 맞추길 바란다. 다들 연관성이 있다는 생각으로 더욱 병이 오래

가게 되고 힘들어 했던 사례들이 많기에, 경험자의 말을 믿고 서둘러 치료받기를 권하고 싶다.

3. 갑자기 동반되는 위장의 탈과 무너지는 밸런스

소리의 반응에 너무 신경 쓴 나머지 위가 뒤집어지고, 구토가 나고 음식을 먹지 못하는 등 힘든 나날을 보낸다. 이런 처음 겪는 일들에 대응하지 못하고 어떻게 치료해야 하는지 걱정하게 된다. 어떻게 하지?

     A: 나아질 때까지 가만히 있는다.

     B: 시중 약물의 도움을 받는다.

     C: 신경정신과에서 상담을 받는다.

해설

나는 C번으로 선택해서 치료를 받았다. 그렇지만 B번의 선택지도 있었다. B번은 일명 '구충제 요법'이라고도 하는데… 사실 이것은 증명되지 않았지만 구충제를 일주일에 4일 정도, 하루에 한 알씩 먹는 것이다. 그렇게 해 보니 위가 뒤집어지던 것이 가라앉았다. 그리고 유산균 가루를 먹었다. 그렇게 먹으니 약을 못 먹었을 때의 위가 뒤집어지던 일들이 차츰 줄어들었다. 나는 C번을 선택했는데 거기에 대해서는 다음 설명을 보자.

4. 약 복용 후 상태

처음 신경정신과 약을 먹으니 마음이 가라앉고 몸이 불편하다. 나을 것 같지 않은 생각이 있고 이게 무슨 치료인지 생각하게 된다. 과연 계속 먹어도 되는 것인가?

A: 한 번씩 빼먹으며 치료를 게을리한다.

B: 처음으로 겪는 일이니 믿고 먹어 본다.

해설

이미 처음 치료받는 분이라면 약을 먹으면 자기 자신의 몸이 가라앉는 느낌을 받는 분들이 많을 것이다. 뭔가 사고가 되지 않고 느낌이 나태해지고… 음악을 들어도 예전같지 않게 즐겁지 않을 것이다. 그러나 이것이 병이라는 것을 인지하지 않고 행하는 일들은 위험한 것이다. 병이 입혀지는 것이기 때문에 우리는 전문가의 도움을 받아서 빨리 치료받고 장기전이 되지 않도록 생각해야 한다. 『내 마음속의 신을 움직이다』와 지금의 이 책을 봐서 아시겠지만 약 먹는 것을 게을리하고 빼먹어서 두 번 재발한 사람이 여기에 있다. 약을 빼먹어서 고통을 당한 사례가 있는, 장기전으로 돌입했던 사람이 여기에 있으니, 치료받는 동안에는 그 상황을 그나마 극복했던 사람의 이야기를 믿고 치료를 받자. 우리 모두 여기에 대한 경험이 없으면 치료받아 보는 것을 두렵게 여길 수 있다. 하지만 그 상태에 머물러 있지 말고, 나중에는 다 좋아지므로 걱정 말고 치료받자.

5. 치료 과정에서의 자괴감 해소법

조현병 치료를 받으면서 아무것도 하지 못하는 자신이 원망스럽고 집에서는 나를 유지하는 비용이 너무나도 많이 드는 것 같다. 쓸모없는 것 같고 내가 죄짓는 것 같다. 아무것도 생산하지 못하는 인생, 어떻게 해야하나?

A: 극단적인 선택을 하거나 방치된 일상을 보낸다.

B: 뭔가 도움이 될 만한 일들을 해 본다.

C: 음악이나 무언가를 듣고 감성을 조율한다.

해설

극단적인 선택이나 일상의 방치는 도움이 되지 않았다. 생각보다 몇 가지 할 수 있는 일들이 있었다. 그것들을 찾아서 해 보았다. 조현병으로 나태해지는 것을 방지하고자 내가 그나마 재활로 처음 했던 것이 카페 운영자 생활이었다. 카페를 운영하면서 뭔가 생산적인 일들을 체험하고 경험했다. 매일 관리해야 되는 일이었기에, 정신이 잘 따라 주지 않았던 시절에는 그나마 현명하게 대처할 수 있는 첫 단추였다.

그리고 음악을 많이 들었다. 실려오는 소리가 있었고 조금 힘들었던 부분도 있었지만 그래도 좋아하는 음악을 들으면서 내면의 치유를 바랐고, 머리가 둔해지는 감각을 벗어나려고 클래식이나 교향곡 등등을 많이 듣곤 했다. 그것들이 나중에는 큰 자산이 되었고 내 자존감을 높이는 결론이 되었다고 생각한다.

6. 치료 중 체중 증가 해결법

약의 부작용인지 뭔지, 살이 찐다. 살이 찌는 것을 막을 수는 없다. 다이어트 제품을 사면 빨리 빠질 것 같고 운동은 너무 힘들어서 하기가 싫다. 어떤 방법을 선택해야 하나?

A: 다이어트 제품을 이용하거나 포기한다.
B: 운동을 조금씩 하면서 노력해 본다.

해설

다이어트 제품을 이용한 적이 있다. 그러나 그건 도움이 되지 않는다고 의사가 선을 그었다. 다이어트를 위한 제품이나 약을 먹으면 정신적인 문제, 아니면 불안정안 호흡이나 돌발 상황들을 만들게 된다는 것이다. 정신적 착란 등이 일어난 경험이 있기에, 설령 다이어트 제품이 살 빼기에 효과가 있다고 해도 별로 추천하고 싶지 않다. 그리고 내 경우에는 살이 잘 빠지지도 않았기에, 사 봤자 돈만 버리게 된다고 생각한다.

운동은 집 근처 산책이나 등산을 조금씩 했다. 하루 한 번 등산이나 산책을 했는데 몸 상태를 많이 조절할 수 있었다. 걷기는 정신 건강에 좋기 때문에 걸으면서 음악을 들으며 자신을 돌본다면 몸매 관리를 질 할 수 있을 것이다.

7. 욱하는 상황에 대한 대처

집에 있을 때 들려오는 소음에 민감하고, 가족들이나 주변 사람들이 너무 시끄럽거나 나에게 뭔가 위협을 하고 소리 지르는 것처럼 느껴질 때 화가 나고 한 번씩 '욱' 하는 부분이 있다. 이건 참고 넘어가야 하는지 아니면 내 마음가짐을 어떻게 해야 하는지 궁금하다.

> A: 집에 있는 사람들은 나의 화를 돋우기 때문에 거기에 대응하며
>   뭔가 내 의견을 말하자.
> B: 마음을 안정시킬 수 있는 무언가가 있다면 착용해 보자.
> C: 나에게 과한 오행이 있다면 은반지를 껴 보자.
> (지극히 필자 개인의 의견입니다.)

해설

항상 집 안이 시끄럽거나, 소리를 지르는 특정 인물과 같이 살아야 한다면 얼마나 괴로울까? 그게 가족이면 증오감이 들끓을 것이고, 내가 투병 중이라면 그 사람에게 한마디 하고 싶은 마음이 들 것이다. 그렇지만 연관성이라는 것을 가지고 생각해 본다면 좀 더 현명한 상

황을 만들 필요가 있다.

나의 아버지와 어머니가 큰 목소리로 이야기하는 것에 너무나도 스트레스를 받은 바가 있다. 화도 내 보고 뭔가 이야기하려고도 해 봤지만 치명적인 소통의 부재가 일어나기에 서로에게 상처를 주고 끝내는 경우가 있었다.

그럴 때는 경고성 이야기를 한 번씩 해 준다.

"목소리가 너무 시끄러워서 힘들다."라는 식의 말을 해 주어서 통하는 경우도 있긴 하지만 대체로 부정적인 반응으로 돌아오곤 했다.

의사에게 이러한 사정을 이야기하면 혈관 주사를 놔 주는 경우도 있지만 그렇게 도움이 되지는 않았다. 화가 날 때는 안정이 필요하지만 주변 상황을 어떻게 하거나 하기는 여러모로 어려운 경우가 있다.

최근에 알게 된 방법으로는, 손가락에 은반지를 껴 보니 효과가 있었던 것 같다. 우리 손은 '목화토금수'로 이루어져 있다고 한다. 나의 경우에는 '토'가 과하다고 해서, 토에 해당하는 가운뎃손가락에 은반지를 끼니 화가 좀 가라앉고 치유가 되는 느낌을 받았다.

'신의 가물(신기)'이 많다는 이야기도 있긴 했는데, 과한 오행에는 은반지를 끼면 진정 작용을 한다는 느낌을 받았다. 지극히 개인적인 체험의 이야기이므로 이러한 방법도 있다는 정도로만 봐 주길 바란다.

은은 치유와 해독의 작용이 있다고 알려져 있으니 도움받을 수 있다면 도움을 받고, 시중에 있는 은보다는 은 도매상을 찾아가서 사는 편이 저렴하다. 내가 알기로는 부산은 범일동에 은 취급 도매상이 있다.

8. 무기력감에 대한 대처

무력하고 앞길이 보이지 않아. 직업을 가지고 싶고 여자 친구도 만들고 남자 친구도 만들고 싶어. 무언가 생산적이지 않게 느껴지는 이러한 일상 속에서 나는 어떻게 해야 할까?

> A: 가까운 정신건강보건센터를 이용한다.
> B: 취미 활동을 가져 본다.
> C: 글을 쓰는 등 할 수 있는 것들부터 시도해 본다.

해설

구마다 보건소 산하 정신 건강보건센터가 있다. 거기에 사회복지사가 전문 인력으로 있다. 무료로 도움을 받을 수 있다. 그리고 나는 글을 쓰거나 뭔가 사진을 찍거나 하는 취미 활동으로 공허한 마음을 치유했다. 노력한 덕분에 조금 긍정적인 사람으로 바뀔 수 있었다. 자신이 마음먹은 대로 되지 않는다고 쉽게 포기하는 것보다 무언가라도 하는 게 도움이 된다. 자신을 가꾸고 단련하다보면 돌파할 수 있는 방법이 분명히 생긴다. 믿어 보고 무언가 해 보자.

9. 투병 생활이 너무 괴로울 때

투병하니 투병 생활이 괴롭고 힘들다. 현기증이 나고 힘들고 속도 좋지 않고 매우 괴롭다. 힘든 이 상황 포기하고 싶다. 어떻게 하지?

A: 계속 투병하면서 상황을 지켜본다.

B: 약물을 조절해 달라고 이야기한다.

해설

사실 자신에게 맞는 약물이 있다고 생각한다. 자신의 증상도 케어하면서 밸런스를 맞추는, 자신에게 맞는 약물 말이다. 그래서 자기에게 맞지 않는 약이라 생각하면 바꿔 달라는 요구를 의사에게 하라. 버틸 수 있는 약으로 몸이 안정된다면 그 약으로 투병하면 된다.

10. 일자리 구하기 첫걸음

어느 정도 치료를 다 하고, 직업을 가져 보려 한다. 도움받을 곳이 있을까? 나를 써 줄 곳이 있을까? 처음에는 무엇부터 해 봐야 하지?

A: 구청에 복지 일자리를 알아본다.

B: 장애인고용공단에 문의해 본다.

C: 취업 포털 사이트에 장애인 관련 직업을 찾아본다.

해설

스펙적으로 봤을때는 복지 일자리가 매력적일지도 모른다. 장애인 고용공단 문의도 괜찮긴 하다. 내 사례에서는 구청 일자리와 장애인 고용공단의 일을 거치면서 공공기관 임시직을 거치고 장애인 인턴을 거치면서 스펙이 쌓여 갔다. 그리하여 여러 가지 직장을 다닐 수 있었고, 연구소에서 일하게 되었다. 과정이란 것이 존재한다. 낙담하지 않고 가게 된다면 좋은 결과가 있을 것이라 생각한다.

*

열 가지 상황에 대한 나의 경험을 토대로 선택 시뮬레이션을 써 봤다. 마지막 마무리는 이 병을 처음 접하는 사람들에게 쓰는 글로 마치겠다.

*

사랑하고 의미있는 삶을 사는 대한민국의 인연이여.

당신에게 지금 일어나고 있는 일은 누군가의 음모도 아니요, 누군가가 의도적으로 만든 것이 아니고 당신을 괴롭히기 위한 것도 아니요, 과도한 정신적 발달로 인한 진화로 겪게 되는 일입니다. 부정적으로 생각하는 일들이 있겠지만 그건 뇌가 겪는 일이 그러할 수 있고, 우리가 학습했던 것들의 투영된 과정의 결과일지도 모릅니다.

누군가는 뇌의 발달이 떨어져서 겪는 초년의 현상이라 하지만, 직접 겪어 본 사람으로서 서술하자면 이 과정은 변화와 정신적 발전을 알리는 것이라 생각합니다. 제 과정을 본다면 그 과정들은 충분히 존중받아 마땅한 과정이며, 충분한 정신적 성숙이 일어났고, 노력 끝에 좋은 결과를 이루어 냈습니다.

『내 마음속의 신을 움직이다』와 이번 '직업사회 편'의 책은 알 수 없고 믿을 수 없는 내용들일 수도 있다 생각합니다. 하지만 그 내용의 끝은 다 방법이 있었고, 때가 있었고, 희망이 있다는 이야기를, 앞서 겪은 사람으로서 하고 싶습니다.

처음 겪는 일이라 많이 당황하셨을 텐데, 사람들이 당신을 괴롭히거나 하는 일이 아니라는 것은 확실하게 이야기해 드릴 수 있습니다. 투병하다가 일어나는 일들은 아직 사회적인 인식이 낮기 때문에 다들 모르고 하는 일이니 겸허하게 받아 주세요.

투병하면서 괴롭고 힘들고 자기 의사 표현이 힘들다는 것을 알고 있고, 저도 그러하였습니다. 고생에 고생을 했고 겪어 보지 않은 사람들이 앵무새처럼 떠드는 말들은 당신에게 상처가 되겠죠.

그러나 그 사람들은 우리의 인생에 가루같이 흩날려질 사람일 뿐이고, 자기 이야기를 하는 사람일 뿐입니다. 너무 마음쓰지 않으셔도 저절로 물러날 사람들입니다.

저는 항상 '사람들은 최선의 선택을 하며 살아가고 있다'고 생각합니다. 그 최선의 선택으로 여기까지 온 것입니다. 분노하거나 할 필요가 없습니다.

이건 다른 이야기지만, 한 번씩 어르신과 대화를 하는 일이 있는데 "내가 네 나이 때 저질렀던 실수를 똑같이 하는구나."라는 이야기를 들을 때가 있습니다. 그런데 그러한 경우가 제 예전의 행동을 저보다 어린 사람이 하는 경우가 있어서 똑같이 '예전의 나랑 같네.' 하는 생각이 들 때도 있었습니다.

그러한 걸 보면 저는 모든 것이 다 과정이라 생각합니다. 그러한 상황을 겪어야 다음 상황으로 진행할 수 있는 과정이요, 필요없는 것이 아닙니다. 그런 과정을 진행해야 발전할 수 있다고 보고 있습니다.

당신은 잘하고 있습니다.

과거에도 잘했고 미래에는 빛날 것입니다. 당신의 일을 기록하며 알려 보십시오. 이 병은 인내와 참을성이 필요합니다. 그러한 부분은 앞서 겪은 사람들이 말해 주고 있고, 저 또한 말씀드립니다.

처음 겪는 이 증상은 명예롭게 맞이하시고 운명을 겪은 사람의 이야기를 들으며 갈고 닦으십시오. 후에 이 과정을 영광스럽게 알게 될 날이 올 것입니다.

당신의 건강의 행복을 빌며 안녕을 빕니다.

*

사실 우리가 생각하고 있는 것들은 우리가 학습하고 주위에서 겪었던 일들을 투영하여 말하고 생각하는 경우들이라 생각합니다. 뇌는 경험했던 일에 대해서 정보를 주기 때문입니다.

누군가 이런 이야기를 했죠.

"과거의 경험과 지식으로 현재를 상상한다."

항상 과거의 경험을 밑바탕으로 생각하고 사고하고 성장하고 행동합니다.

과거의 행동이 어떤가에 따라서 우리가 움직입니다.

학교에서 배운 내용이나 사회에서 겪는 일들을 통해 우리는 움직이고 행동합니다. 수준의 높낮이는 없지만 모든 것에는 과정이 있고 결과가 있습니다. 왜 그렇게 행동하는지에 대한 이야기는 과거에 있었고 지금에 있습니다.

이 병에 대해서 결론성이 성의 없고 베낀 것처럼 설명하는 사람들에 대해서는 대부분이 그 사람의 생계나 돈벌이 같은 것과 이어져 있는 경우가 있었습니다. 정보 재생산의 한계성이 있다면 사례가 있는 정보의 저자에게 물어봅시다.

다들 처음입니다. 코로나19가 터졌을 때도 그건 우리가 처음 겪는 일이었고, 어떻게 할지도 몰라 헤맸고, 본능적인 상황에서 지식과 이성을 합치며 사고를 하려고 하니 문제가 많았겠죠.

그래서 좀 더 건설적이고 낮은 자세로 사회적인 접근을 할 필요가 있습니다. 지금의 사회는 조금 어지럽다는 이야기를 하고 싶습니다.

이 책이 생각보다 도움이 된다면 나는 그걸로도 이 병에 대한 내 사명을 다했다고 봅니다. 건강하게 잘 지내는 사람들이 많아지길 빕니다.

10

마무리

사회적 배려

처음 정신장애인으로 등록되었을 때는 처음부터 내가 중증인지에 대해 생각했다. 어느 정도 지내고 투병하다 보니 별 미래가 보이지 않았다. 그리고 인식 자체도 체감상 높지 않다. 나이가 들어도 반말을 듣는 경우가 흔하고, 장애인 관련 기관에서도 홀대받기 일쑤였다. 사람을 노동의 대가로 받는 돈을 기준으로 대하는 것 같은 느낌이었다. 하지만 그것이 중요하진 않다.

내가 체감했을 때는 장애인과 상생하기 위한 노력들도 많았다. 예를 든다면 부산의 장애인정보화대제전 같은 경우에도 장애인 타자 검정대회나 오피스 관련 노력들을 기울이고 계신다. 하나의 축제의 장처럼 되는 것은 좋은 것이다. 나도 참가해 여러 번 입상을 했다.

철도나 지하철과 공공요금 등의 혜택도 삶을 독려하는 차원으로도 느껴진다. 그러하기에 희망이 있다고 말하고 싶다.

그리고 내가 체험했던 장애인 합창단이나 장애인 일자리 관련의 법 제정과 의무 고용 등등은 예전보다 나아진 사회를 보여 주는 듯하다. 점점 더 하나가 되는 모습을 보여 준다면 다양한 일들이 생길 것으로 기대하고 있다.

의식이 쓰다

이렇게 두 번째 책을 다 썼습니다. 책을 쓸 결심을 한 건 이런 생각에서였어요.

'우리가 참고할 만한 일생의 기록을 남기자'는 것입니다. 그런 생각으로 썼기에 나의 책무라 생각했습니다. 인간으로 겪었던 일들에 대해 기록해 후세에 전해 주는 것입니다.

제가 고등학교 때 도서부를 했을 때 그러한 극복기를 다룬 책들을 봤습니다. 일본에서 출간된 『그러니까 너도 살아』라는 책도 있었고, 모두 과정의 극복에 대한 책들이죠.

21세기 들어서면서 나도 이런 일들을 겪었고 이런 일들이 이렇게 되었다는 데이터를 만들어 보자는 생각이었죠. 나중에 어떻게 될지는 모르겠지만 의무감을 가지고 썼다는 점을 알아주시면 좋겠습니다. 이 책을 보고 많은 사람들이 희망을 가졌으면 합니다.

나이가 많은 30대부터 첫 직장생활을 계단식으로 올라간 조현병 환자의 이야기는 죽음을 기다리던 사람이 기사회생한 사람들에게도, 늦었다고 해도 기회는 있었다는 메시지를 전하고 싶었습니다. 제가 써야 한다면 기꺼이 쓰겠습니다. 지금도 그걸 쓰고 있습니다. 먼 훗날을 내다보며 사람답게 사는 그런 당신의 히루에 작은 책 한 권을 써 봤습니다. 감사합니다.

무의식이 쓰다

이번에 책을 쓰게 된 것은 이분의 마음이 나와는 다르다는 것을 알게 되었기 때문이다. 사실 나는 이분을 엄청나게 좋은 사람이라 생각하진 않았다. 그리고 엄청나게 힘든 길로 인도하게끔 하지 않았다. 나중에야 이런 길들이 사람들에게 많이 소개되면 이분의 모습이 어떨지는 모르겠다. 어려운 일들이 있었지만 모든 것은 나의 뜻이 아닌 것이었다. 그래서 무의식이 그렇게 위태로운 것이 아니었다. 싸구려 의식주를 하는 이 사람은 나태하거나 힘든 게 아니었다. 무언가에 지배당하는 쪽이 아니었다.

내가 있으므로 조언받아 했던 일들은 부질없는 짓이 아니었지만 솔직히 초라한 인격에서 훌륭한 성인군자의 마음을 가지게끔 발전하게 되었다.

아무도 몰랐다. 이렇게 될지.

그리하여 이분과 이 책의 의미는 한 사람의 불안한 인생을 포기하지 않고 나아가는 노력에 의미와 사랑이 있다고 말하고 싶다.

사람을 사랑했다. 주위에 보답했다. 거침없이 흐르는 강물에도 몇

십 년 동안 인성이 더럽게 물들지 않았다.

그런 과정이 쌓여서 변화되지 않고 오히려 힘과 경륜을 쌓은 점은 더더욱 군자의 모습을 늘 보인 것이다.

결론은 이 책들을 쓴 것으로 인해 어려움을 거치며 성인군자가 된 과정을 보여 주고 세상에 어지러움을 잘 극복한 사례가 되었다고 생각한다. 이러한 내용으로 책을 쓸 수 있는 사람이 있다는 건 참으로 좋은 것이다. 세상은 기뻤을 것이고 나는 복받았다.

무의식에 관하여

무의식이 생기게 된 계기

환청 같은 것인가, 생각하게 된다. 무의식이 입을 트기 시작한 것은 첫 번째 책『내 마음속의 신을 움직이다』에서 이야기했듯 보험 판매원을 했을 때다. 입이 마음대로 돌아가기 시작했다. 내가 말한 것이 아닌 다른 말들이 나오기 시작했다. 걸음걸이도 제멋대로 가기도 했다.

그래서 약물을 먹지 않고 있었던 때에 환상 같은 말들을 내 입에서 하고 있었다. 다른 사람들이 가졌다면 미쳐 버렸겠지만 무의식은 내가 마음이 그렇게 나쁘지 않음을 이야기했고 충분히 감당할 수 있는 사람이라 믿었다 했다.

무의식으로 했던 말들

어떤 사람을 이야기할 때에 이야기한다. "저 사람은 엄청나게 나를 좋아하는 사람일지도 모른다." 같은 말들이나, 일진이나 내일의 일정이 어떻게 변할 것 같다는 이야기와, 취업에 성공하는지 실패하는지 등의 이야기와, 로또 번호도 말해 준다. 유튜브에 제너럴 리딩에서 타로 카드 선택 번호도 내 것을 골라 준다. 그러면 거의 맞다고 본다.

로또 번호나 취업 성공 유무는 틀리는 경우가 많았다.

이런 경우도 있었다. 사진 촬영 하는 날에는 "오늘의 촬영은 환상적인 촬영이 될 것이다.", "무서운 사진을 내게 될 것이다.", "오늘 촬영은 힘들게 찍지 않아도 잘된다." 등등 하루 촬영 일진을 이야기하기도 한다.

타로 보는 것을 좋아해서 타로 카드로 대충 제너럴 리딩과 타로 잘 보러 다니는 남포동의 예당 같은 곳에서 카드의 의미를 알고 내가 보기도 한다.

지인들에게 보여 주고 해석은 내가 하지만 무의식이 시기랑 상태를 추가로 말해 주는데 그게 거의 90퍼센트 이상은 유명 타로집과 결과가 비슷했다고 이야기해 준다.

거의 신기가 있다고 생각은 하고 있다.

이 무의식에게 중요한 걸 물어보면 "당신은 엄청나게 신을 받을 필요가 없을 수밖에 없습니다. 그리고 당신의 밑으로 들어갈 일도 없고, 저와 같이 제 안내를 받으며 올라갈 것입니다."라는 말을 한다. 이 유로는 "극복했다고 보시면 됩니다. 우연한 기회에 무서운 일들을 헤쳐 나갔고 힘든 일을 지혜롭게 빠져나갔기에 굳이 신을 모실 필요는 없습니다."라고 한다.

앞날 예언은 맞을 때마다 소름이 돋는 것보다는 그러려니 넘어간다. 이런 일들이 굉장히 많이 있었기 때문이다.

이 무의식이라는 것의 입버릇이 고쳐지지 않기 때문에 치료가 아닌 함께 안고 가는 것으로 생각하진 않는다. 언젠간 치료될 것이라 생각되지만 치료가 안 될 것 같다. 우연의 일로 인해 내가 진화했다고 생각한다.

토막 무의식 예언 하나

지금 떠돌고 있는 예언 중에 일본이 무슨 일이 일어난다 한다면 인접한 부산이 일본의 그 일로 인해 특수를 맞아 부자가 된다는 이야기를 했다. 무의식적으로 예언하셨다.

이 책에서의 틈틈이 내용들

이 책의 내용들을 살펴보면 죽음을 생각하고 모든 걸 내려놓은 중증 장애인이 죽기 직전의 상황에서 희망을 얻고 회복해 경력조차 없는 나이 많은 30대 초반에 시작한 투병기와 극복기, 파란만장하고 소소한 성공기일 수도 있겠습니다.

장애인협회에서 재활의 목적으로 1년을 근무하고 사람들과 친하게 지내며 소소한 일거리의 즐거움을 알게 되었습니다. 패스트푸드점의 장애인 크루의 역할은 사회성을 좀 더 더하고 잡일을 능숙하게 하게 하고 미래를 다잡으며 먼 날의 성공의 스펙을 쌓게 해 주었습니다. 대학 병원에서의 근무는 성실함을 갈고닦아 한 사람의 몫을 정당히 하게 되었으며, 때로는 사람들에게 조롱을 받고 욕을 먹지만 꿋꿋히 해 나가는 행동으로 버틴 1년 반의 시간이었습니다. 정식 공공 기관에서의 근무로 '선생님'이라는 호칭을 받아 잡일로 을의 역할을 충실히 시행했던 ○○처의 이야기, 공공 기관의 청년 인턴을 했던 30대 중반의 청년 시절 막바지의 공문서 수신·발신으로 행정을 알아 갔습니다. 구청의 코로나 콜센터에서 중증 장애인으로서 당당히 일하며

실력을 입증했던 순간과 나와 같은 장애인의 주간보호센터를 보며
눈물 흘렸던 나날들에 느꼈던 일들. 인생에서의 최고 자리였던 ○○
대학교의 홍보 담당관의 자리에서 일했던 날들로 느꼈던 사업과 행
정과 보도 자료들을 다루었던 일들까지로 처음부터 끝까지 계단을
올라 중증 장애인 신진행이 겪은 여정은 열심히 직업사회 편을 쓰면
서 마무리됩니다.

내 마음속의 신을 움직이다_직업사회 편

발전

항상 생각한다. 과거의 나와 지금의 나는 얼마나 다른가. 어떻게 발전했는지에 대한 질문을 던진다면, 그건 아마 고요한 물일 것이다. 병으로나 정신적으로 억압되어 짊어졌던 업보는 꽤나 무거운 것이었다. 모든 것을 짓눌렀기에 과거에 생각했던 생각의 질은 완전히 달라졌고, 달라진 생각의 질은 깨달음을 주었다. '지금 할 수 있는 일은 지금 하자.'라는 것이다. 그렇게 생각했기에 지금 할 수 있는 것은 지금 나서서 하는 편이다.

눌려서 살았기에 머리는 편안한 편이고 말투는 예의 있다. 그리고 생각에 매여 있지 않고 자유롭게 사고를 하는 편이기 때문에 생각을 더 하거나 덧붙이지 않는다. 그렇기 때문에 평온함을 유지하는 편이다.

연애는 생각해 본 적이 없다. 하지만 무의식이 누군가와 교제하게 될 것이라고 이야기를 하고 다녔다. 그러나 사실 그렇게 되지 않은 편이 많아서, 모든 말들이 이루어지는 것은 아니니 추후에 생각해 봐야 될 것 같다.

주저 없이 지원하고 글을 쓰는 이 행동들은 어떠한 용기가 나에게 주어진 것이라고 생각한다. 용기가 더해져서 쓴 책이며 고난과 역경 이상의 고통을 극복하고 초자연적인 사고로 생각히며 보낸 세월들로 채워진 삶의 이야기다.

로또 복권

나는 로또를 한다. 1등에 걸리기 위해서 하는 것이다. 무의식이 불러 주는 말을 가지고 로또를 하면 번호 두 개 정도 맞더라. 타로 카드를 가지고도 번호를 추출했는데 희한하게도 두 개 이상 맞아떨어지고 그 이상은 맞지도 않는다. 번호를 부르고 뽑은 카드가 금동전 카드나 운명의 수레바퀴 카드가 나오면 그걸 마킹한다.

별짓을 다해도 절대 1등이 되지 않는다.

후원

돈이 많이 있다면 지금까지 나를 도와주고 여기까지 오게끔 후원해 준 사람들에게 사례하고 싶다. 개인 중에 유익한 콘텐츠와 좋은 문화를 전파하는 사람들에게도 후원하고 싶다.

장애인 타자 검정 대회나 기관에도 후원을 하고 싶다. 돈을 출자해 행사를 주최해서 사람들에게 희망을 주고 나도 받은 바 있고, 직장에도 지금의 나를 성장하게 해 준 것에 대해 되돌려 주고 싶다.

과거에 보잘것없었던 나에게 무한하게 발전할 수 있도록 원동력을 준 사람들이기 때문에 이러한 인연을 소중히 한다. 많은 이들에게 고마움을 전하고 싶다.

속마음

처음 책을 낼 때 마음은, 사실 내 과거의 병의 기록을 남겨서 한 번씩 떠오르는 과거의 기억으로부터 도망치기 위해서 글을 썼던 것입니다. 그렇게 글을 써서 기록이 되면 더 이상 분노해야 되는 일들이 없을 거라 생각하고 있습니다. 예전의 아팠던 분노나 학창 시절의 아픔 같은 것에 해방되고자 썼습니다.

실제로 책이 나오면서 책에 모든 것을 써 놓았고 더 이상 기억할 필요 없다는 생각을 갖게 되었고, 증오로부터 조금씩 해방될 수 있었습니다.

2년이 지났습니다. 책은 약 200여 권 좀 못 미치게 팔렸습니다. 그렇지만 통계를 보면 50권 정도가 반품이 나 있습니다.

왜 그런지, 제가 생각했을때는 이렇습니다. '내가 너무 내 생각만 했구나.'

내가 아팠던 것을 과감히 적었을 때, 그 책을 처음 보거나 조현병 가족이나 당사자, 의사나 몇몇 지식인들은 불편했을지도 모릅니다. 첫 번째 책에서 제 폭력성과 무서운 과거들을 실었기에 죄책감이 들었습니다.

좋은 일만 이야기해도 모자라는 세상에 내 생각만 한 것이 아닌가 싶었습니다.

그래서 두 번째 책은 '직업사회 편'으로 만들었습니다. 조현병을 가진 힘없던 30대 남자가 그래도 여러 가지 일을 하고, 나중에는 국가기관 연구원에서 행정 일을 하게 되었다는 좋은 결말을 많은 분들께 안겨 드리면 참 좋을 것이란 생각을 했습니다.

너무나 노골적이게 사실적이었던 첫 책을 진심으로 죄송하게 생각하고 있지만, 그것을 희석하고 발전의 여지를 둘 수 있는 것이 두 번째 책이라 생각합니다. 본능과 이성, 그리고 감정의 차이, 이러한 초자연적인 인간의 발생도 있다는 것을 기록합니다.

그리고 이번 생의 제 사명이라 생각하고 냅니다. 옛날에 떠오르는 기록들과는 다른, 현대에 현행화를 할 수 있는 개인의 기록이 필요하다는 생각을 합니다. 질병과 싸우며 사회생활을 하는 사람의 이야기는 후세에 전해 줄 역사책까진 아니더라도 그래도 참고할 수 있을 거라 생각하며 매듭을 짓습니다.

다른 조현병 도서

제가 두 번째 '직업사회 편'을 쓰다 보니, 조현병 서적에 대해서 관심을 가지게 되었습니다. 그래서 조현병 서적이라고 나와 있는 몇몇 서적을 읽어 보았습니다.

세 권을 읽어 보았습니다.

직접 조현병을 겪은 사람이 쓴 책도 있었고 의사가 쓴 책도 있었고 제삼자의 입장에서 쓴 책도 있었습니다.

결론을 말씀드리자면…:

솔직히 말해서 이런 말들이 많았습니다.

"아직까지 조현병에 대한 연구의 부족이나 학문의 어려움이나 검증되지 못한 부분이 있다. 명확하게 밝혀진 바 없고 연구가 필요하다. 밝혀지지 않았다."

제삼자나 의사의 책에는 이렇게 쓰여 있었습니다.

다름을 느낀 것은, 제삼자와 의사의 책에는 조현병 관련 증상으로 설명해 놓은 지식들이 있다는 것이었는데, 그 지식의 예시가 제 첫 번째 책에 다수의 사례들이 있었습니다. 그래서 제가 의사와 제삼자의 책을 보면서 놀란 것이 '내 책이 좋은 사례가 되겠다.'라는 생각을 했습니다. 다른 책의 지식으로 동일한 증상으로 있는 것이 제 책에 다 있었습니다.

환자의 수기는 논점에서 벗어난 듯한 내용들이 많았습니다. 조현 병과는 관련이 없는 것은 저도 있지만 너무나 적나라한 내용들이 있는 책도 있었는데, 물론 저도 노골적으로 썼지만 그러한 내용이 조금 아쉬웠습니다.

책으로서 아직 완벽을 기하기는 어렵다는 말을 하고 싶습니다. 많은 사람들이 밝히고자 하는 진심이 잘 전달될 수 있는 세상이 오길 빕니다.

책을 마치며

『내 마음속의 신을 움직이다』 직업사회 편을 다 썼습니다. 여러분들이 이 책을 보시면 어떤 생각이 들지 생각해 보았습니다. 악조건의 상황이 오더라도 희망을 잃지 말라는 이야기를 하고 싶습니다.

나이가 많고 중증 장애인이라도 취업을 계단식으로 올라가면서 노력했고 그 노력이 성공으로 이어지면서 여러 가지 일들을 할 수 있었으며 많은 사람들의 인연을 만들었습니다.

어쩌면 죽음까지 갔다가 구제받았기에 이러한 초인적인 일들이 나왔다고도 생각합니다. 절박한 상황은 나를 성장하게 해 준 큰 원동력이라 생각합니다.

아픔을 딛고 일어나면 성공의 무기가 되는 것으로 생각합니다. 당신이 힘들더라도 기회의 시간이 된다면 저처럼 이렇게 글을 남길 수 있는 기회가 있을 거라 생각합니다.

우리의 삶은 바쁘고 의식할 수 없이 빠르게 지나가기에 글을 쓰거나 자신의 생을 기록할 시간이 없이 지나가는 경우가 많습니다. 독자 여러분들도 자신의 일들을 기록해 남겼으면 합니다. 새로운 희망의

미래의 주인공은 자기 자신이라 생각하고 행동하면 후에 내 이미지
는 널리 피져서 많은 이들에게 교훈과 감동을 줄 것입니다. 여기까지
잘 와 주셨습니다. 끝까지 읽어야지만 결론을 알 수 있는 『내 마음속
의 신을 움직이다』의 직업사회 편이었습니다.

부록

나의 자기소개서

사실 지금 보면 글쓴이는 사례가 나오지 않은 직장까지 합치면 무려 직장을 열 번 이상 바꾸었는데, 모두 이력서와 자기소개서로 서류 전형을 거치고 면접 전형을 거쳤고 합격 통보를 10회 이상 받았다.

이제까지 어떻게 자기소개서를 썼는지 공개하고자 한다. 직업사회 편이니 이력서와 자기소개서를 공개하는 것이 의미있다 생각한다. 그 당시에 썼던 내용으로 참고해 보길 바란다.

어떻게 그게 가능한 것인지 내가 합격했던 자기소개서 두 종류를 이 책에 공개한다. 또 뒤에는 보건소에서 근무했던 경험을 토대로 쓴 소설 「코로나 바이러스 콜센터」도 실어 놓았다.

자기소개서 문항 1

저는 취미 활동이 모델 사진 촬영입니다. 2016년부터 지금까지 1년간 개인 촬영만 100~130회를 했습니다. 이제까지 100회가 넘는 촬영을 실시하면서 지원 분야의 관련성을 이야기하자면… 개인 촬영이기 때문에 모델 한 사람을 찍는 촬영입니다. 촬영 횟수가 많고, 거기에 걸맞는 퀄리티가 나와야 다음에도 촬영을 할 수 있습니다. 그러한 점에서 저는 일반인이 촬영하는 단계가 아닌 중급 이상의 사진사의 능력을 가졌다고 말할 수 있습니다. 위와 같은 노력을 하면서 많은 사진들을 찍어 왔으며, 100회 이상의 촬영은 일반인들에게는 상상도 못 할 일이라 생각합니다. 사진에 대한 집착이나 고도의 사진 기술이나 장비 같은 것에 신경을 쓰면서 촬영을 해 왔으며, 이와 같은 부분에서 노력해 5년이 지난 지금까지도 사진 촬영 의뢰가 100회 이상 들어오는 사진사가 되었습니다. 그래서 저는 이런 집착과 한결같은 노력에 대해, 모델이나 사진가나 열정적이고 고급스러운 활동이라 생각합니다. 사진을 어떻게 찍느냐에 대해서 많은 고민과 관심을 하지만 고민하는 순간은 단 2초도 걸리지 않습니다. 그렇기 때문에 모델 촬영은 저에게 있어서 열정과 소통을 만들고, 직감적인 발전을 하게끔 내면을 이끌어 주었습니다. 이러한 취미와 같은 작업이 저를 만들었고, 항상 멀리 내다볼 수 있는 그런 사고와 생각을 하게 되는 일을 만든 것 같습니다.

자기소개서 문항 2

저는 한 권의 에세이집을 정규 출판한 적이 있습니다. 제목은 『내 마음속의 신을 움직이다』라는 책입니다. 책 한 권을 만들면서 제 자신의 있는 그대로의 모습을 가감 없이 보여 주었으며… 30여 년의 인생을 그대로 쓸 수 있는 방향성에 대해서는 많은 고난과 역경의 이야기가 들어 있는 책입니다. 쓸 때도 많이 고생했지만…. 이제는 대학이니 일반 도서 출판 쪽에서도 1년에 100권 이상의 판매고를 달성하며 제 성공적인 이야기를 전하고 있습니다. 이 책을 만들기까지 많은 이야기들이 있지만 그 이야기들을 함으로 인해서 저에게 솔직해질 수 있는 사람이 되었고, 기록하는 문화에 대한 인식을 달리할 수 있는 방법을 찾았습니다. 그래서 여유롭지만 힘들지 않은… 힘들지만 내색하지 않고 멀리보는 사람이 되었습니다. 책을 내면서 좋았던 점은 과거에 집착하지 않는 사람이 되었다는 것입니다. 출판을 하면서 좋은 것을 얻었습니다.

자기소개서 문항 3

○○공사에 인턴직으로 지원을 했던 적이 있었습니다. 그때는 서류가 합격하고 면접을 보았는데, 실수로 점심을 잘못 먹어 면접을 잘 보지 못했습니다. 그때 대기 10번으로 등록되어 기다렸는데 기회가 오진 않았죠. 그래서 ○○공사에 대해 다시 생각해 보았습니다. ○○개발원과 ○○안전처의 근무와 ○○대학교 병원에서 근무했던 행정적인 사무 보조나 공문 수신과 발신에 대한 내용을 썼습니다. 그렇지만 저에게는 뭔가 부족했습니다. 면접 관련 말하기였습니다. 그 단점을 보완하기 위해 ○○구청에서 코로나 콜센터 근무를 4개월간 하고 자신의 말하기 능력에 대해 능력을 더했습니다. 이러한 노력으로 인해 전화 상담 업무나 행정직에서 일했던 공문 수신 발신과 관련한 내

용들이 공사의 이미지에 맞게 잘 대처할 수 있게 다듬어졌다고 생각합니다. 실제로 ○○공사 관련해 취업 적성 능력을 토론했을 때, 잘될 것 같은 메시지를 받았고 저도 조만간 공사를 위해 할 수 있는 부분이 많을 것이라고 생각하고 있습니다.

자기소개서 문항 4

현재 코로나 시대에서 부동산 관련한 일들이 많이 일어나고 있습니다. 갈 곳 없는 유동적인 자금들이 부동산 쪽과 건설 쪽에 몰리다시피 하기 때문에 그러한 부분에 대해 경기 부양이 건설이나 해외 자금 쪽으로 유입되고 있는 것이 사실입니다. 그 부분에 대해서 제 생각으로는 많은 사람들이 이용하는 부분이기 때문에 서울시가 규제 완화를 하는 부분을 참고하자면 제한적 프리패스 규제성 법률을 좀 더 보안해야 될 것 같습니다. 균등한 기회와 일정한 한도 조정 부분에서 공무 주관적인 부분을 강화한다면 될 것 같습니다.

자기소개서 문항 5

공기관 직원의 윤리 의식은 기밀을 누설하지 않아야 하는 것 입니다. 이 버릇은 공문 수신·발신을 처리할 때 비공개 공문서를 보면서 느끼는 것인데, 이러한 부분들은 사업상의 기밀이나 반국가적 행위,

도덕적인 부분에 대해서는 올바른 윤리 의식을 가져야 한다고 생각합니다. 그리고 모든 사람들은 비난이 아닌 존중받아야 하는 사람이라 생각합니다. 내 앞에 있는 사람도 결국은 타인이고 배려해 주어야 되는 사람이기에 저는 더욱 정중하게 받들어야 된다 말하고 싶습니다. 사진이 그렇습니다. 모델과 사진을 찍지만 이 모델은 저에게 있어서는 공짜가 아니라 생각합니다. 모델의 시간이나 정성이나 의상이나 구도 같은 것들은 사진사가 절반도 못 만듭니다. 그렇기 때문에 항상 귀한 존재로 생각하며 촬영하고 있습니다. 타인을 대할 때 정성을 가져야 되고, 타인이 가지고 있는 개인적인 부분은 윤리적 관점에서 항상 기밀 누설을 조심해야 한다고 생각합니다. 요즘은 정보 공개가 너무 많은 시대이며 잘못 말하면 일파만파로 퍼지는 부분이 있기에 굉장히 조심해야 합니다. 기밀 누설을 꼭 조심합니다.

자유 형식

저는 학교생활은 급우들과 함께하기보다는 교무실에 계시는 선생님들과 친하게 지내며 차를 마시며 친분을 가지기 좋아했습니다. 고등학교에 들어서면서 점점 공부에 두각을 나타내게 되었고, 그러면서 독서가 습관이 되어 ○○대학교의 국어국문학과에 입학합니다.

경력 사항으로 큰 역할을 했던 직업으로는 ○○대학교 홍보 담당관으로 보도 자료 작성과 홍보 사업 등을 맡으며 일했던 적이 있었습니다. 몇천만 원이 되는 계약 건을 맡아서 추진하고 잘 마무리를 했습니다.

그리고 행정에서 중요한 기안문 작성이나 지출결의서를 작성하는 법을 알고 있습니다. 경력 사항 중 공문 수신과 발신을 맡았기 때문에 공문 보는 법이 익숙해 행정 기관의 담당자께서 좋아하셨던 부분이시기도 했습니다. 또 전화받는 부분이 매우 익숙합니다.

그리고 ○○보건소에서 희망일자리로 근무한 적이 있습니다. 코로나 콜센터에서 하루 전화를 많으면 150통까지 받았던 적이 있었던 게 있었고, 개발원이나 의료원쪽에서도 전화받을 일이 있다면 전화를 받습니다. 항상 잡일도 도맡아서 하며 모든 일들을 두루 살핍니다. 그렇게 시간이 많이 지나서 많은 경험과 경력들을 가지게 되었습니다.

이 직업의 계기가 처음 직업을 가지게 된 것이 장애인협회에서 간단한 문서 수발이 임무였던 것이 계기가 되어 지원하게 되었습니다. 거기서 많은 근로자들과 담당하시는 선생님과 과장님의 모습은 유연하며 그때 당시에는 일을 할 수 있고 배울 수 있는 격려와 업무를 맡으며 생활하는 것이 좋은 기억으로 있었습니다.

함께 사람들과 협업하는 일을 꿈꾸고 있었습니다. 집과는 거리가 좀 있는 일터이지만 저는 이 일에 대해 자신감과 역량을 가지고 있다고 생각합니다. 그렇기에 많은 일들을 해낼 수 있고, 어려운 일들이지만 그 어려움을 이긴 경험들을 가지고 잘 해낼 수 있을거라 생각합니다.

저는 중증 장애인으로 등록되어 있습니다. 그렇지만 점점 일상생활이나 대내외적 활동을 하기에는 아무런 문제가 없습니다. 10년 이상 동안 인물 사진에 취미를 두고 있었고, 사람들과 소통하는 일 들을 기치면서 그리한 부분을 극복했습니다.

그리고 글에도 관심이 많았고, 제 일생에 대해 남기고 싶기에 『내 마음속의 신을 움직이다』라는 이름의 투병기를 책으로 정식 출판했습니다. 중증 장애인이 어떻게 살아왔는지에 대해 쓴 책이며 지금의 현상에 대해서 저는 이 책을 통해 설명할 수 있습니다.

이 모든 것을 가지고 이번 ○○○연합회에 일원으로 지원하게 되었습니다. 저는 남과 협업 하며 돌보며 사회의 일원이 되어 이끌어 가는 것을 직업으로 하고 싶습니다. 많은 사람들을 이해하며 좋은 모습을 보여 줄 것이며, 앞으로 했던 직업들에 대해서는 전문적인 마인드로 보다 넓게 생각하며 행동하고 많은 일들을 접해, 이 분야에 대해서는 제가 당당히 이야기할 수 있는 사람이 되고 싶습니다.

앞으로도 많은 날들이 남아 있지만, 그날들을 맞이할 때 잘 할 수 있도록 노력하겠습니다.

코로나 바이러스 콜센터

도입부

2021년 12월 5일.

이 행사는 그들만의 축제로 기억되었다.

국회의사당 별관 한편에 있는 격식 있고 명예로운 장소인 무궁화 대강당에서, 코로나 업무 관련으로 정부에 헌신한 공직자들에게 감사와 포상식이 있었다. 대강당 먼 곳에서 진행자가 엄숙히 포상자들을 불렀다. 무대에는 각각에 계양기와 국기가 걸려 있었고 군악대가 연주한 국가가 흘러나오고 있었다.

진행자가 말했다.

"코로나 19 대응 임무를 성실히 수여한 공로가 있는 분들을 호명하겠습니다. 호명되신 분은 앞으로 올라오시기 바랍니다."

법무부 행정 7급 임혜양 주무관

노동부 행정 7급 박태식 주무관

산업안전부 행정7급 김봉진 주무관

중소벤처기업부 행정 7급 서이선 주무관

대한복지개발원 행정 8급 박태환 주무관

호명하는 사람들을 향해 자리에 있는 사람들이 박수를 쳤고, 그 박수를 받으며 포상자들이 내려오고 있었다. 박수갈채와 입구 통로쪽에 기자와 카메라를 든 카메라맨들이 많은 셔터를 쏟아 냈다. 앞으로 나온 포상자들은 대통령의 감사 표창을 받았다. 그 곳에 대한복지개발원 행정 8급의 박태환 주무관에도 훈장이 수여되었다. 가슴에 빛나는 훈장이 달리는 순간이었고 그 훈장에는 카리스마가 달려 있었다.

여러 사람 중, 박태환 주무관의 가슴 빛나는 표창은 국가가 진 빚을 이야기하는 표창일 것이다. 그런 것은 대표로 연설을 하기 전까지는 아무도 몰랐고 알려지지도 않았다.

표창을 다 받고 식의 순서가 끝나자마자 자리에 앉아 있던 일부의 사람들이 퇴장했다.

박태환 주무관 주위로 대한복지개발원 행정 선배와 후배 공직자들에게 꽃다발을 받았다. 꽃다발에는 축하를 듬뿍 담은 곱디고운 금가루가 뿌려져 있었다.

한 여자 후배가 외쳤다. "선배님! 금가루길만 걸으세요!" 다들 좋아하고 마지막에는 "선배님 사랑합니다!"라고 외쳤다. 박태환 주무관은 모든 공을 주위 사람들에게 치하하며 기뻐했다. 선배님도 어깨를 다

독이며 잘 했다고, 수고했다고 한마디씩 하셨다.

기념 촬영이 끝나고 태환은 자리를 유유히 빠져나왔다. 고급스러운 외제차를 타고 국회의사당 별관을 빠져나왔다. 도로의 사람들이 마스크를 쓰지 않고 활보하는 모습을 보며 그도 세상이 많이 바뀌었다는 것을 실감했다.

근처에 있는, 자신의 아버지가 쓰는 사무실에 들어갔다. 낡디 낡은 사무실에는 아버지 사진이 걸려 있었고 클래식한 분위기가 물씬 풍기는 전형적인 사무실이었다. 태환의 사무실에 꽃다발들을 놔두었다. 아무도 없는 텅 빈 사무실, 좁은 사무실에서 자신의 책상 앞에서 옷 매무새를 가다듬는다. 그리고 평생 끝나지 않을 것 같았던 코로나 업무를 시작하고 활약했던 자신의 모습을 생각한다.

그는 다시 한번 생각을 가다듬고 콜센터에서 전화를 받던 사람들의 주마등 같은 모습들과 거기에서 마지막으로 서비스 헌법 개정하려고 시도하는 절차까지 머릿속에 떠올랐다. 여기서 눈여겨 볼 것이 있는데 마지막 줄에 수정 테이프로 그어 놓은 제출해 놓은 조항. 책상 위에 헌법 개정 내용이 있었는데 무언가 알아볼 수 없도록 수정 테이프로 마지막 한 줄이 그어져 있었다. 마지막 헌법 개정 내용은 도대체 알아볼 수는 없었지만 태환에게는 자신의 생애에서 목표로 했던 것일 수도 있다.

방역이 완료되었다고 믿었던 그 후로 부터 코로나 변의 바이러스가 다시 창궐하게 된다.

1. 하상구청 코로나 콜센터의 하루

2022년 12월 15일.

하상보건소 코로나 선별 진료소의 하루는 치열하다. 2층으로 된 옛 날 건물에 코로나 대응 팀이 있었다. 그중에서 콜센터의 자리는 매우 협소하다. 작은 의자에 다닥다닥 붙어 있는 사람들 사이로 코로나 콜 센터라고 적힌 안내판에 여섯 명의 직원들이 등을 돌리고 코로나 관 련 응대를 하고 있었다. 그들은 5개월을 지나 지금까지 코로나로 응 대만 해 오던 터라 코로나 안내가 꽤나 능숙한 사람들이었다. 남녀 직원 가릴 것 없이 코로나 관련 상담을 친절하게 한다. 내용에 대해 서는 단순 문의지만 거침없이 받는다.

"자가 격리 명령을 받으셨으면 14일 동안 집에서 자가 격리를 방역 수칙 지키시고 하시면 됩니다."

"저희는 보건증 업무를 안 하고 있습니다."

"요양보호시설 입소자들은 시설에 통보드리고 있습니다."

"구호 물품 관련 내선번호로 안내해 드리겠습니다."

"코로나 영문 확인서는 국민안심병원에 가서 받으실 수 있습니다."

통화 내용은 다들 같았고 모두 매뉴얼에 있는 내용이었다.

하상보건소 코로나 대응 팀 사무실은 전쟁터를 방불케 했다. 진지 한 자세로 모든 사람들이 업무에 임하고 있었고, 한편에서는 간의회 의가 자주 일어나고 있었다. 여러 사람들이 서류를 보고 회의하고 방 역 담당이나 역학 조사 팀에서는 전화로 소리를 지르는 일들이 빈번 했다.

머리 아픈 일이지만 사람들은 모두 얼굴에는 생기가 돌았고 목소리로 대화한다. 확진자가 터졌다는 이야기들이 어디선가 나온다면 대응 팀이 더욱 힘들고 힘들게 했다.

하상보건소 1층에는 안내 데스크가 있는데, 마스크를 끼고 눈을 가린 채 앞을 못 보는 아주머니가 안내 데스크에 있었다. 머리는 희끗하고 종종 코로나 선별 진료소 쪽으로 오는 외부인을 차단하고 보건소로 안내를 도와주는 역할을 한다. 말 그대로 안내 데스크에 앉아서 안내한다. 안내를 할 일이 별로 없고 아무도 말을 하지도 않았고 아무도 말을 걸지 않았다.

하상보건소 코로나 콜센터와 대응반은 총만 들지 않았지 코로나 이외의 민원인과의 전쟁이 아닌 전쟁을 치루고 있었다. 말이 보건소지, 전쟁터나 다름없었다.

식사를 제때 못 한 공무직 사무원들이 컵라면에 물을 붓고 다시 일터로 향한다. 10분 이상 지나면서 라면을 확인한 공무직 사무원 한 명이 같은 팀원을 불렀다.

"상민아! 라면 다 불겠다. 10분이나 지났어!"

"잠깐만… 이것만 하고 갈게."

그때 코로나 콜센터에서 전화받는 모습들을 보았다. 공무직 사무원이 라면을 먹으면서 이야기했다.

"그나마 코로나 콜센터가 있어서 라면이라도 먹지."

"다행이야."

사실 콜센터가 생겼기에 그나마 다른 곳에서는 작은 여유를 가지고 쉬고 일할 수 있었다. 코로나 콜센터 도입은 하상 보건소가 세운 전략 중에 좋은 전략이었다. 그로인해서 외부의 단순 민원을 공무업무에 집중하면서 일할 수 있게 되었기 때문이다. 만약 없었다면 다른 곳에 힘을 빼게 되니 고미워히는 이도 몇몇 있었다.

2. 코로나 콜센터에 등장한 의문의 기사

2022년 12월 31일.

이렇게 바쁜 코로나 콜센터에 의문의 기사가 등장한다.

신입으로 오게 된 이 남자는 하상보건소로 발령받은 희망일자리를 신청한 사람이었다. 이름은 구성찬. 근무는 2023년 1월부터이지만 미리 사무실이나 안면을 익히기 위해 미리 방문했다. 2층에 있는 보건행정특무과 사무실에 성찬은 미리 인사차 들렸을 때에 다들 정신이 없었다. 아무도 이야기를 걸기가 어려워서 자신이 발령받은 행정특무과로 가서 담당자를 찾았다.

멀뚱멀뚱하게 서 있는 성찬을 보고 말을 걸어 주었던 사람이 있었다. 도시적인 이미지의 여자 공무원이 와서 이야기를 건다. 얼른 성찬은 45도 각도로 인사를 하고 이야기를 했고 자신은 신입으로 왔다는 이야기를 했다.

"지금은 바쁘니까 이걸 한번 보시고 돌아가시는 게 좋을 거 에요. 외부 반출은 금지니까 보고 가세요."

여자 공무원이 자신의 품에 있는 매뉴얼을 주고 구석에서 숙지하라며 이야기했다. 규칙상 가지고 나갈 수 없다는 이야기를 했기에 성찬은 사무실 구석에서 매뉴얼을 세 번 정도 읽어 보고 자리를 떴다. 빽빽하게 적혀 있는 매뉴얼을 꼼꼼히 읽고 인사드리고 집으로 향했다.

매뉴얼을 생각하며 집으로 가던 길에 메모장에다가 생각나는 부

분을 적는다. 외웠던 매뉴얼의 내용들을 숙지하며 집으로 갔다. 집에
도착해서 책상에 앉아 떠오르는 내용들을 연습장에 적으면서 외웠
다. 그렇게 외우길 이틀이 지났다.

첫 근무 날이 되던 저녁에 정식 발령이 아직 나진 않았지만 하상보
건소에서 연락이 왔다.

"성찬 씨?! 하상구청의 행정특무과 직원 나경은입니다. 좀 이르지
만 내일 오전 9시까지 보건소로 와 주셔야 될 것 같습니다."

"넵. 알겠습니다."

출근 전 준비를 하고 다음 날에 하상보건소 코로나 대응 팀으로 갔
다. 다섯 개의 책상이 붙은 한편에 콜센터가 있었다. 그러나 그게 콜
센터인지는 몰랐다. 콜센터라 하기 에는 너무 협소했고 자리도 비좁
았기에,

"구성찬 선생님께서 맡으실 일은 코로나 콜센터 전화상담원으로
일하게 되실 거예요. 공공 기관에서 전화가 오거나 다른 사항이 있으
면 행정특무과에 넘겨주세요."

경은 씨는 지난 2년간 사람들의 일들을 생각하며 전화받는 점에 대
해 이야기해 주었다. 경은 씨가 와서 업무 이야기를 했다. 그리하여
처음으로 성찬은 같이 있던 사람들과 전화를 받았다.

거기에 있던 선임들이 이야기했다.

"우리는 이제 오늘만 일하면 계약이 끝난다. 잘 배워 둬라."

업무에 대한 전반적인 부분에 대해서 이야기해 주었다. 자가 격리
자 관련 전화에 대해 많이 이야기를 나누었고, 해외입국자의 동선관
리나 보건소 업무 관련해서 전반적인 이야기들을 나누었다. 먼저 일

했던 선임들과 같이 콜센터 전화를 받았다.

콜센터 책상에는 누군기기 메모해 놓은 내선번호와 누군기기 정리해 놓은 매뉴얼이 있었다.

"따르르르릉."

"첫 콜이야. 받아봐."

구성찬은 전화를 받았다.

"감사합니다. 코로나 콜센터 구성찬입니다."

"여보세요? 아이 철분제 관련해서 신청하고 싶은데…?"

"네. 그러면 아가맘센터 쪽으로 전화를 돌려 드리겠습니다."

'전화 돌림'을 누르고 아가맘센터 번호를 눌렀다.

이렇게 첫 콜은 무난히 넘어갔다. 두 번 받고 세 번 받으니 꽤나 괜찮은 일이었다. 한 번은 소리 지르는 악성 민원들도 있었다. 업무가 다 되어 갈 때쯤 처음 받은 전화가 70콜을 받았다. 한 번씩 책상에 복사되어 있는 내선번호 정리 종이가 있었다. 그걸 보고 누군가가 정리해 놓은 내선번호 정리된 것을 참고해서 보았다. 누군지는 몰라도 고마웠다.

3. 코로나 콜센터에서의 초기

이틀째 되던 날에 그 자리에 있었던 콜센터 직원들은 계약 기간이 끝나서 다들 나오지 않게 되었다.

다들 5개월 계약이었고 콜센터 지휘 계장도 서둘러 자리를 비워 주기 위해 일어난 상태다. 아무도 없는 곳에서 혼자서 전화를 받았는데 생각보다 지치지 않고 받았다. 노력을 많이 했지만 처음 코로나 업무로 전화를 받은 탓, 부진한 탓에 50콜을 받았다.

3일째 되던 날에 같은 일자리 지원으로 온 전직 간호사가 있었다. 그 사람은 웃는 모습이 아름다운 사람이었다. 콜센터에 점점 사람이 모이기 시작했다.

일주일이 지난 오후에는 시설 담당 작업자들이 모이면서 책상들을 하나둘씩 어디론가 옮기는 작업을 했다. 그 책상들은 미리 도배를 해 놓은 창고로 쓰이는 방에다가 가져다 두었고, 허름하고 낡은 책상을 일곱 개를 두고 다들 등을 보이면서 전화기를 설치했다. 옮기고 정리 하는 데 한 시간도 채 걸리지 않았다. 책상을 두고 구색을 조금씩 맞 춰 가기 시작했다.

그때 어디선가 매뉴얼을 들고 있는 보건소에서 공무직 선생님들이 네 명이 오셨다. 다 자기 소속이 있는 선생님들이었는데 공무직 선생 님들이 오전과 오후로 네 명이 나누고 돌아가면서 일을 했다. 이 사 람들도 아는 바가 없기 때문에 선임들과 일했던 성찬이 고참이 되어 버린 상황이 되었기에 모두 나에게 와서 다들 물었다.

"선생님! 자가 격리자 관련해서 어디로 전화를 돌리면 될까요?"

"보건증 업무는 어디서 하는 거예요?"

"마약 관련해서 신고는 어디서 해요?"

"암 검진 관련 부서는 어디에요?"

선생님 하면서 물었다. 일주일 정도 일찍 온 성찬이 대답할 수 있는 부분은 성의 껏 대답했다. 언어적인 표현 또한 성찬이 가르쳤다. 내 가 가진 정보들 중에 유용하게 쓰였던 것이 있었는데 다음과 같은 표 현들이 있었다.

"저희가 정보공개를 하려면 결재를 받고 올려야 한다."

"콜센터 사무실에는 컴퓨터기 없고 전화기 한 대밖에 없습니다."

"콜센터는 단순 업무 처리 민원 역할밖에 하지 않습니다."

위의 세 가지가 대표적이었다. 위의 표현들은 주무관님이나 주사님과 계장님까지도 유용하게 위의 표현들을 쓰셨다. 위의 말들은 거짓이 아니고 사실이기 때문에 써도 되는 것이었다.

어느 날은 악성 민원으로 골머리를 앓을 때가 있었다. 그때에 내가 대신 받아서 처리했다.

"그건 아니구요. 어머님. 제 이야기를 끝까지… 끝까지 들어 보세요."

악성 전화를 해결하고 가만히 생각해 보았다. 그러고 보니 대한복지개발원에서 근무했던 성찬이 교육받았던 순간이 떠오른다.

"자기 자신을 챙기지 못하면 의미가 없다."

"상대방이 싸움을 거는 전화나 내용이 없는 전화는 종료 인사를 남기고 끊어라."

악성 민원에 대응하며 콜을 받았다.

"야 이. 너희들 코로나 관리도 못 하면서 우리들 세금이나 축내면서 거기에 왜 있는거야? 이것도 할 수 없으면 보건소 문 닫아야 하는 거 아니야?"

욕이 들어왔다. 그래서 종료한다 하고 끊었다.

계속 전화와서 계속 받았다. 그리고 종료한다고 하고 끊었다.

콜센터의 속사정상 전화를 걸면 코로나 콜센터에 있는 모든 여덟 대의 전화기에 다 울리기 때문에 받지 않으면 나머지 전화들이 막혀버리게 된다. 그래서 악성 민원 전화로 시비를 건다고 받지 않고 놔

두면 업무를 할 수 없게 된다.

"너하곤 이야기가 안 되네. 당장 민원을 걸거야!"

악성 민원인이 처리를 못한 내용은 결국 화가 난 민원인은 대체적으로 구청 민원실에 전화를 건다. 그 일이 커지게 되면 상하구청장실의 비서실 안에까지 들어가게 된다. 이를 보고 받은 하상구청장은 곤란해하며 의사 결정을 했다. 곧 이어서 보건소장에게 이야기했고 보건소장은 계장에게 계장은 주사님께 주사님은 나에게 이야기했다.

긴급한 상황이었기에 그렇게 했다고 이야기하고 싶었지만 계장님 선에서 마무리되었고 혼내시지는 않았다.

전화를 일주일 받고 보니 악의적인 악성 전화가 많았다. 그래도 이번 일이 천직이라 생각하고 열심히 했다.

일을 익힌 지 1개월이 채 되지 않던 어느 날이었다. 일어나려다 보니 머리가 띵하고 일어나기가 힘들었다. 그러고 보니 콜센터의 어제 일이 기억난다. 민원 전화를 대신 처리해 달라는 부탁을 여러 번 받다 보니 머리는 모르겠지만 몸이 스트레스를 받은 것 같았다. 실제로도 어제는 악성 전화가 많이 있었다. 성찬은 연결받아서 다른 사람들의 악성 전화를 계속 받아 주다 보니 몸이 견디지 못해 근육통이 발생한 듯하다.

전화로 연가를 내고 근처 의원에 가서 링거를 맞았다.

"이름하고 생년월일을 알려 주세요."

이름을 이야기하고 내 건강보험을 조회했다. 모니터에는 하상보건소 희망일자리 직원이라 떴다. 그리고 모니터에 개인정보가 떴다. 그걸 확인한 베테랑 간호사가 핀잔을 주며 응대했다.

"보건소에서 이런 건 안 해 주나 보죠?"

4. 코로나 콜센터의 개인 복지

콜센터에 길게 근무하면서 느낀 점이 있다면 직원들이 많이 허기에 쫓기며 전화를 받고 있었다. 탕비실을 찾아보니 과자가 창고에 여러 가지 있었다. 다행스럽게도 유통기한이 많이 남아 있었고, 특무과 직원들이 안 먹는 과자들을 챙겨서 과자 박스를 만들어 진열했다. 안 먹던 박카스와 비타민 음료를 전시했다.

과자 박스가 생기면서 아침을 거르는 사람들은 굉장히 좋아했고 오후에 출출할 때 일하는 직원들의 사기를 올려 주었다. 언어노동으로 허기가 지는 일이 허다했다. 간식 상자가 허기가 나거나 출출한 직원들에게 좋은 요깃거리가 되었다. 성찬은 자비로 음료나 다른 과자도 챙겨 넣어 먹었다.

부서에 대한 전화 민원이 계속 들어왔다. 동료가 찾지 못하고 모르는 번호는 옆에서 알려 주고 불러 주곤 했다. 서로가 서로를 의지하며 지냈고 어떤 코드인지도 서로가 알아 갔다.

이런 일은 차후에 개선되었지만 그래도 인원은 부족했다.

"예전에는 과자 없었고, 그래도 잘할 수 있었는데…. 지금 코로나 콜센터는 엉망이에요."

이야기를 들어 보니 1년 전에 근무했던 분의 말씀으로는 코로나 콜센터는 여덟 명이서 운영했다고 한다. 느긋하게 여덟 명씩 돌아가면서 받았다고 한다. 그런데 이번에는 네 명이서 돌아가며 받고 콜 수도 많고 힘들다는 이야기를 했다. 게다가 예전에는 담당자가 사무실에 내용 전달을 하며 처리를 해 주었는데 많은 부분이 소통이 안 된다고 이야기했다.

그 부분에 대해 이야기를 듣고 모두들 한마디씩 했다. 끄덕였다.

모두들 세 시간 정도만 코로나 콜센터의 전화를 받고, 성찬은 나머지 오전 11시부터 오후 12시까지, 오후 5시부터 6시까지 혼자서 전화를 받았다. 일을 하면서 생각하길 인력이 너무 없었다고 생각은 들었다. 그러나 할 수 없는 상황이었다. 공무원 마치는 시간이 오후 6시이기에 하상보건소 콜센터에서 점심시간과 오후 6시 근무를 안 한다는 항의 민원이 많았다.

혼자서 전화를 오후에 받은 지 2주가 지났다.

혼자서 열심히 전화를 받고 있는데 사무실에서 주무관이 와서 한마디 했다.

"너무 전화를 열심히 받아서 전화 그만 받았으면 한다. 그래야지 구청 눈에 띄지 않지요."

5. 코로나 콜센터에서 했던 일들

다음 날 아침에 코로나 콜센터 주사가 공지사항을 전달했다.

"자 자, 오늘은 초등학교 관련해서 선생님과 학생 두 명이 확진자로 떴습니다. 관련 내용들은 복사를 해 왔으니 이거 보시고 초등학교 관련해서 코로나 검사 문의 하시면 보건소로 검사 받으시고 자가 격리 하시라고 이야기하시면 됩니다. 그리고 선별 진료소도 운영한다고 하니 거기서 검사받으시면 된다고 하시면 됩니다. 뒤 타임에 있는 사람들 있으면 알려 주세요."

초등학교나 어린이 집 원아의 확진관련 인원이 떴다. 초등학교관련과 이린이 집 관련한 부모님들의 문의 전화가 쇄도했다.

한편 ○○대학교 선교 동아리에서는 찬양 노래를 부르고 있었다.

"너의 마음에 평화 곧 주리. 너의 마음에 새생명 주리."

"자. 오늘 노래는 끝내고 우리 밥이나 먹으러 가자."

모두들 밥을 먹으러 나갔는데 마지막에 나온 사람에게서 문자가 떴다.

보건소로 코로나 검사받으러 오십시오.

"야. 성제야! 왜 그렇게 멀뚱멀뚱 서 있어?"

"아. 아니야. 보건소에서 문자가 와서."

"별것 아닐 거야. 검사받으러 갔다 오면 되지."

잠시 뒤에 검사를 받으러 간 성재는 다음 날 아침에 과 대표에게 문자를 보냈다.

"확진되었다. 너희들 코로나 검사 받으러 가야 된대."

"…뭐? 코로나 검사? 밀접 접촉한 사람들은 다 받으러 가야된다고?"

헬스장이나 운동 시설도 피할 수 없었다. 코로나 확진된 사람이 같이 운동을 들어서 전원이 검사 대상이었다. 검사 대상이었던 대부분의 사람들은 검사 결과가 음성으로 나왔다. 그리고 확진은 두 명 되었다. 두 명 되고 나서 끝났다.

"확진자 한명당 한 100명 정도의 인력과 문의가 들어오는 것 같다."

어느 날이었다.

선별 진료소에서 코로나 검사를 한 주민이 민원을 넣은 것이다. 그 민원을 넣은 사람은 코로나 진료소에 있던 사람들에게 트집을 넣었고, 면봉으로 채취 검사를 아프게 넣었다는 것으로 화가 나서 민원을 넣었다. 민원실에 등장했고 그 사람은 진단서를 끊어왔다. 코피가 났다는 것이다. 진정한 사과를 원한다고 했다.

"선생님께서 사과를 원하시면 언제든지 사과드릴 수 있습니다. 언제 전화를 주셔야 될지 알려 주시면 전화를 드리겠습니다."

"나, 간호사인데 코로나 검사 이딴 식으로 할 거면 내 앞에서 무릎 꿇고 빌어야 할 거야."

"저희가 해 드릴 수 있는 건 다 해드릴게요. 화 푸세요."

그 민원인은 계장이나 상급자를 무시했고 그 사람은 계속 화를 냈다.

"두고 봐라."

두고 보라는 이야기의 열받은 간호사는 아무 일도 없었고, 이튿날도 아무 일도 없었다.

2일이 끝나지 않은 오후였다. 2교대가 끝나고 나서 10분이 지났다. 오전반은 퇴근하기 바빴고 오후반들이 들어왔다.

그런데 교대하자마자 갑자기 콜센터로 전화가 무더기로 오기 시작했다. 모든 전화가 울렸다. 받아도받아도 전화가 끝이 없었다. 계속 받았다. 상황을 알아보았다.

"여보세요. 내가 코로나 검사받은 지 얼마나 됐다고 다시 코로나 검사받으러 오라해요?"

"자가 격리 중인데⋯ 저 많이 화났거든요? 이거 어떻게 보상 해 줄

건데요?"

"이보세요. 이런 문지…. 지금 다른 도시에 살고 있는 사람인데 ….
나는 거기 간 적도 없는데?"

그날 200여 통의 전화가 왔다. 각각 실적을 10분 만에 50통씩 실적
을 올렸다.

나중에 알아보니 코로나 검사 대상자에 대한 문자를 익명으로 누
군가가 하상 보건소 이름으로 무더기로 보냈다고 밝혀졌다. 사태 수
습을 위해 그때 보낸 사람들의 전화번호에 사과 문자를 돌렸다. 조사
중에 있는데 콜센터의 사람들은 그때 죽을 맛이었다. 힘들어 했다.

쪽지를 40장 이상 썼다. 사과 문자를 돌리는 것으로 쪽지는 쓸모없
게 되었다. 간단하게 생년월일이나 이름이나 연락처를 메모하고 연
락을 준다고 이야기했기 때문이다.

나중에 조사를 해 보니 근처 카페에서 누군가가 문자를 500통을
보낸 것이었다. 발신지로 가 보니 보낸 사람은 없었고, CCTV를 돌려
보고 돌려 보았다. 모자를 검게 쓴 청년이었는데 며칠 전에 코로나
검사받으러 온 사람같아 보였지만 끝내 밝혀지지는 않았다.

근육통과 감기 기운이 있어서 상사가 코로나 검사를 권유하고 있
었다. 코로나 검사에는 성명과 이름과 주소나 증상 관련한 것들이 적
혀 있었다. 코로나 검사를 받았다. 비인두 접촉식 검사라 했다. 코와
입에 면봉을 넣는 것이었다. 코 깊숙이 넣는 것이었고, 입 깊숙하게
넣는 것이었다. 그 검사를 하고 검사 결과 나올 때까지 자가 격리 중
이었다.

검사를 받아보니 면봉이 코와 입으로 문질렀다. 근데 불쾌하기는

커녕 상쾌했다. 기분이 좋아지는 것이었다.

　코로나 콜센터가 운영된 지 2개월 남짓 지난 어느 날이었다. ○○찜
질방에서 있었던 일이다.

　하상구에 있는 어느 목욕탕에서 세신사가 누군가와 전화로 이야기
하고 있었다.

　"말도 마. 코로나 때문에 손님도 적고 때 벗기러 오는 손님도 줄었
다니까. 전국 목욕탕 절반 이상 손님은 무조건 줄었을거다."

　'삐익!'

　세신 하러 온 사람이 세신사 벨을 눌렀다.

　"알았어. 나 손님왔어. 때 밀어야겠다. 네네… 갑니다."

　뽀얀 피부를 가진 중년의 여성이 때를 밀러 왔다. 얼굴은 안색이 좋
아보이지 않았다.

　"손님. 누우시구요. 어떻게 밀어 드려요? 쎄게? 아니면 부드럽게?"

　"부드럽게 밀어 주세요."

　세신사가 때를 밀기 시작한다. 정성껏 때를 밀면서 이야기한다.

　"때를 민 지 오랜만이라 때가 많죠?"

　"어우. 저희는 때 많은 손님들 보면 시원해지는데요? 자. 오라이. 뒤
로."

　등을 보인 손님의 때를 민다.

　"요즘 코로나 때문에 때 볼 일이 없는데 때가 많으셔서 시원하네요."

　"아줌마는 제가 확진자면 믿으시겠어요?"

　대뜸 뭔가 넌지시 던지는 듯하게 손님이 말했다.

"네? 그게 무슨 말이세요?"

"제기 확진지리구요. 확진된 사람이고 오늘 죽기 전에 때 밀러 왔다구요."

"확진자요? 확진자는 인간 아닌가요?"

세신사는 대수롭지 않게 때를 민다.

"저도 때밀이 하면서 확진자라고 하시는 분 처음 봐요. 근데 어차피 내 손님인데 때 밀러 온 사람이면 무조건 받아야죠. 아니면 압니까? 제가 때를 밀어 드리면 코로나가 없어질지도요."

"저도 그랬으면 좋겠어요. 감사합니다."

때를 민 손님은 세신사에게 5만 원을 주며 다 가지라 했다. 세신사는 께름직했지만 이런 생각을 하며 혼잣말을 뱉었다.

"확진자라고? 별의별 사람 다 봤네. 자기가 확진자라 말하는 사람 처음이네."

그렇게 3월 11일에 온 손님이 다녀가고 30일까지 지났다. 정부에서 목욕업 종사자 전수조사 명령이 있어서 이 세신사도 코로나 검사를 세신사로서 검사받았다.

다음 날 아침에 전화가 왔다.

"코로나 검사 하시고 양성 판정이 나오셨습니다."

"뭐라구요? 설마 아닐 거야. 설마? 내가 확진자?"

"○○○ 선생님. 양성으로 나오셔서 치료받으셔야 합니다. 집에서 대기하시면 구급차로 모셔 갈 테니 기다려 주십시오."

"그럴 리가?"

산발적인 감염이었다. 조사에 조사를 거듭해 보니 세신사를 비롯

한 그곳에 이용했던 사람들은 전원 검사를 받았고 전원 검사중에 코로나관련 수치가 높은 사람은 수십 명에 달했고 신규 확진자가 20명 더 생겼다.

콜센터에는 전화기에 불이 날 수밖에 없었다. 비상체제로 돌아가다 보니 일부 근무직원들이 야근을 하고 주말에도 나와서 근무를 했다.

콜센터에 전화가 왔다.

"나 목욕탕 주인인데, 내가 동선 찾아볼 때 너희들 뭐 했어? 직원들한테 통보도 안했어? 너희들 고소해 버리고 말 거야!"

"아니. 그런 게 아니구요."

'뚝!'

그 일이 있은 뒤에 보건소 행정을 비난하는 일들이 생겼다. 업주는 보건소를 영업 방해로 고발한다 했다. 그리고 세신미용협회에서 강력하게 항의 성명을 냈다.

6. 언론의 코로나 관련 가드

확진자가 꽤나 많이 터진 그날에는 확진자가 50명 가까이 발생했다. 너무 많은 확진자가 나오는 바람에 안전문자 통보를 시청 홈페이지에 동선 공개하는 것으로 바꾸었다. 관련 보도는 지역관련 확진자 현황만 발표하게 했고 한국 방송 쪽에서는 구체적인 지역이야기는 하지 않았다. 뉴스 쪽에서는 대규모 확진 관련 방송하지 않았다.

다음 날 성찬이 출근 준비를 하고 있었다. 그런데 뜻밖의 상황을 보았다. 코로나 선별 진료소에 수십 대의 의자와 책상이 나와 있었다. 시청의 직원이나 공무직의 지원인력으로 많은 사람들이 와서 코로나 관련 안내와 역학조사 지원을 돕고 있었다. 말 그대로 상당히 많은 인원들이었다. 그 인원들은 히상구가 보건소 긴급재난 상황임을 이야기해 주고 있었다. 말 그대로 비상 상황이었다.

비상 상황에 자꾸 나에게 민원 처리하던 사람들이 전화가 온다. 방어를 하기 위해서 말들을 만들었다. 제일 많이 쓰는 말이 "민원 목적이 맞으십니까?"였다.

7. 코로나 콜센터에서 드러나는 한계

어느 날 조용하던 콜센터에 전화가 온다. 돌아가면서 그 전화를 받는데 그 전화를 받은 사람들이 굉장히 불쾌했다. 동료는 악성 민원 관련해서 전화를 넘겨받았고, 해결되지 않아서 전화를 친절하게 잘 받는 지수 씨에게 민원전화가 넘어갔다.

성찬이 콜센터 근무대장을 복사하러 간 사이에 악성 민원전화가 왔다. 이미 악성 민원전화는 악성이 되어버리는 바람에 하나하나씩 응대에 불만 점을 가지고 있었다. 성찬 다음으로 전화를 잘 받는 지수 씨가 전화를 받았다.

이 민원인은 네 번 이상 통화를 거친 사람이라 무례했고, 무례하고 확진자 관련해서 정보 공개를 요구했다. 그래서 확진자 관련 정보 공개 안 된다고 이야기를 했다. 콜센터 상담 내용 중에는 찾아간다며 협박했고 지수 씨는 고함과 악성 민원을 견디지 못해서 결국에는 전화를 강제로 끊어 버리게 된다. 이상한 전화였다는 생각만 했는데 잠시 뒤에 요란하게 민원실 쪽에서 전화가 왔다.

전화받은 사람이 소속을 밝히지 않아서 사과를 요구했다. 그렇지만 그 사람은 사과 목적이 아니었다.

"아까 전처럼 해 보지? 아까 전처럼 해 보지?"

그러나 전화의 목적은 사과를 받는 것이 아닌, 감정 소모로 조롱과 비아냥의 전화이었다. 이 사람은 괜한 악성이 아니었다. 정보공개가 되지 않는 점에 화가 난다고 했고, 그냥 끊었기에 화가 난다는 것이었다.

결국은 전화를 넘겨달라고 했고, 다른 사람이 말실수를 했다.

"저희 복지일자리 장애인 직원이 실수가 있었습니다. 다시 교육시키겠습니다."

아무에게도 알려지지 않은 지수 씨의 소속과 장애인 직원이라는 것을 밝혔다.

주사는 "공무원이 아닌 장애인을 채용해서 콜센터를 운영하고 있습니다. 죄송합니다. 다시 교육하겠습니다." 같은 말을 앵무새처럼 했다. 악성 민원인 사람이 뭔가 심한 말을 했는지 20분 동안 통화를 했다. 주사가 전화기를 끊기를 20여 분이었다.

다시 전화 와서 역학조사 쪽에 화를 냈다. 역학조사 쪽에서 전화를 받고 20분간 통화하고 끊었다. 결국 네 번을 돌아간 전화는 역학조사팀의 주사급 공무원을 통해 마무리 되었고, 주사는 지수 씨에게 오늘 반차 내고 쉬라는 명령을 내렸다.

다음 날에 지수 씨가 콜센터로 일을 하러 왔는데 평소에는 경어를 쓰는 담당자나 같이 일했던 공무원이 갑자기 반말로 이야기하기 시작했다. 아마 어제 일들이 소문으로 퍼진 것이다. 다른 곳에서도 마찬가지였다. 자가 격리에서 무시하면서 쪽지만 받고 처리를 했다. 같이 일하던 직원들은 자기가 장애인인 것을 알아 버렸기에 너무 괴로웠다. 소문은 돌고 돌았고 식사하는 자리에서 계장이나 주사나 주무관의 대화의 반찬거리가 되어야만 했다.

마침 오래전에 치료받은 치아도 부서져 버려서 굉장히 아팠다.

지수 씨가 사직서를 제출하려 할 때 공무원 직원과 보건소 직원들의 고충 관련 회의를 열고 있었다. 지수 씨는 그걸 보면서 힘들어했다.

너무 괴로운 지수 씨 결국은 복지 일자리를 바꾸는 결심을 내리게 된다. 지수 씨는 4월쯤에 일자리를 주간보호센터 쪽으로 바꾸길 마음 먹는다. 사유에 다음과 같이 적게 된다.

"보건소 직원들은 고충들을 모여서 이야기를 하고 회의를 하는데, 복지 일자리나 희망일자리로 온 우리들은 왜 이런 고생을 하는지 억울하다."

주간보호센터로 변경 후에 그리고 울면서 나갔다.

직원은 한 달 이상 일을 하면 월차가 생긴다. 연차를 주사와 김태희 씨가 냈다. 인원이 세 명밖에 없었다. 세 명의 인원에서 전화는 폭발적으로 왔다. 전화가 폭발적으로 올 때 구성찬은 굉장히 전화를 잘 받았다. 그런데 한 명이 검사 결과를 물어보러 전산실에 갔고 한 명이 화장실을 갔다. 혼자 남은 구성찬은 열심히 전화를 받았다. 전화를 받으니 뒤에서 누군가가 들어왔다.

"영양가 없는 남자 둘이서 전화를 받고 있구나."

순간 그 말투는 과장의 말투에서 나온 발언이었다. 구성찬이 과장에게 음료와 에너지 바를 주었는데 과장에게 드리니 그걸 보고 말하셨다.

"왜? 나 살찌게 이런 걸 줘?"

구성찬을 데리고 전산실 쪽으로 가서 과장이 이야기했다.

"콜센터에 사람이 없네. 좀 도와줘라. 누가 갈 사람?"

아무도 손 들지 않았고, 전산팀 총괄 책임자가 이야기했다.

"해인 선생님, 콜센터 근무해 보신 적 있으니 컴퓨터에 입력대장 적지 말고 도와주세요."

해인 선생이 불려갔다.

나머지 두 사람이 돌아왔고 과장님은 주사님 자리에 앉아서 정보를 조회했다. 전화를 열심히 받았다.

"자, 여러분들. 전화받지 마시고 제가 공지하겠습니다. 들으세요."

과장이 와서 지금 전화받지 말고 제 이야기 들으세요.

"여러분들은 상담원이 아니기 때문에 대답할 것만 대답하시고 전화를 끊으세요. 전화를 30분 이상 받지 마시고 적어도 30초에 끝내버리세요. 그리고 지금 검사자가 많아서 쓸데없이 민원 넣는 사람들이 많아요. 그러면 통화 길게 하지 마시고 끊어 버리세요. 끊어 버리시고 저희가 민원이 발생하지 않는 선에서 끝내기가 어려워요. 그래서 통화는 길게 하지 마시고 짧게 쓸데없는 말은 하지 마시고, 간단한 통화나 안내만 하세요. 아셨죠?"

성찬이 물었다.

"항의가 목적인 사람이 전화 오면 어떻게 받아야 하는지? 목적이 민원이면 어떻게?"

과장이 피식 웃으면서 이야기했다.

"그러면 선생님, 흥분하신 것 같은데 담당자에게 통보하고 전화 드리라고 하겠습니다. 아니면 다음에 다시 걸어 주십시오. 라고 하세요. 그러면 됐죠? 항의 관련해서는 중앙관리자에게 이야기해 주시면 저희가 연락하겠습니다. 알겠죠?"

그리고 나가 버렸다.

8. 코로나 콜센터의 일

어느 초승달이 비치는 단란주점에서 남자들이 노래를 부르며 술을 마시고 있었다.

"저 푸른 초원 위에. 그림같은 집을 짓고. 사랑하는 우리님과 한 백년 살고 싶네."

"자 자, 마셔라 마셔."

"너도 한잔 마셔."

큰 룸을 빌린 회사 동료들이 술을 마시고 노래를 한다. 여자들과 디스코를 추고 있었다. 같이 술을 마신 그곳은 유흥업소였다.

TV에서는 유흥 종사자 관련 코로나 검사 내용이 방영되고 있었다. 유흥업소 관련해서 코로나 검사를 했다. 이번에도 산발적으로 코로나 관련 확진자가 무더기로 발생했다.

"야이 ×××야. 보건소에서 일을 잘했으면 이런 일 없을 거 아니냐? 나라 월급 받아먹고 이딴식으로 처리하냐?"

"네… 그게 아니고…"

조용히 그 통화 내용을 듣던 담당 선생님들이 수근대며 말했다.

"코로나 시국에 누가 업소에서 술 퍼마시랬어?"

다음은 철도에서 발생했다. 객차 안에서 안내 방송이 나온다. 방역을 철저히 한다는 안내 멘트였다. 안내 멘트에 따라서 마스크도 안 쓰고 식사를 하는 사람이 있었다.

"우리 엄마가 누군데? 내가 이런 취급을 받아야겠어?"

그렇게 말했다.

거기에서 코로나 균이 확진되었다. 선거 날 기타 치고 노래하는 상황에서 같이 점심을 먹는 일이 있었다. 그 방에도 코로나 균이 퍼졌다. 찬송가를 부르는 교회의 앞마당에서 코로나 균은 퍼졌다.

폭발적으로 전화가 늘었다. 업무량이 늘고 모두들 바쁘게 움직였다. 사람들은 오랜만의 바쁨에 대응이 안 되어 있었고 사람들의 일들은 많이 늘어 있었다. 전화는 불통이었고 사람들은 화를 냈다.

9. 허술하게 보여지는 개인정보

사무실에서 코로나 검사 관련해서 화이트보드가 있었다.

코로나 선별 진료소 사무실로 방역 신청하러 온 사업주와 어린 아들이 왔다. 대기하고 있는 동안에 사업주는 서류를 써 나갔는데 아들이 코로나 확진자 이름이 적힌 화이트보드를 빤히 쳐다보고 있었다. 살며시 손이 휴대폰 쪽으로 갔고 사진을 찍었는지는 모른다. 사업주가 제출하고 안내를 받고 나왔다.

사업주가 아이의 핸드폰을 보니 코로나 확진자 관련 내용의 사진을 찍은 것이다. 그러면서 누가 확진되었는지 알게 되었다. 배달 온 사람도 안에 음식을 가져가 주면서 화이트보드에 있는 확진자 명단에 이웃 아파트에 사는 사람 이름이 있었다. 그리고 나갔다. 커피 타먹는 곳에 확진자 명부가 있었는데 확진자 명부를 계장이 놔두고 간

것이었다. 그래서 그걸 발견하고 계장님 책상에 놔두었다.

콜센터의 업무가 점점 알려지면서 히상구청에서 코로나 콜센터가 유명해졌다. 타 구에 있는 사람이 예산이나 사업 관련 문의를 하고 있었다. 평판은 좋았다. 안이 썩어 들어가고 있는 것을 모르고 말이다.

팩스가 자동으로 전산에 입력되는 방식이기에 해당 담당자에게 쪽지를 주어야 했다. 국가 재난 상황이기 때문에 코로나 콜센터는 잘되었다.

10. 코로나 콜센터의 전화 평가

이 사건 이후로 보건소장은 성찬을 행정반으로 근무하게 했다. 그러면서 점점 상반기 전화 평가가 이루어졌고 전화 평가 점수도 보고서 작성 전에 보건소장에게 보고되었다.

실적이 어떻게 이루어졌는지는 모르겠지만 성찬은 행정반에 전화를 받게 되었다. 행정반에서 받는 전화는 시의회 이상의 사람들의 전화를 받아서 건네주는 일이었다. 주 업무는 공무원 급 이상의 상담이었다. 성찬은 행정반 전화는 익숙치 않았고 행정반 사람들이 일하는 모습을 보고 주눅이 들었다.

전화를 다른 곳으로 돌리지 않고 전화를 받는 모습에 과장이나 계장이 좋아했다. 그러나 그런 점은 전화를 150콜 이상 받는 상황을 만들어버렸다.

어느 날 전화를 90콜 받을 때 멘탈이 깨지는 느낌을 받았다. 머리가 갑자기 멍해지면서 기운이 없었다. 다음 날 일어나려니 일어날 수 없었다. 잦은 근육통과 업무량이 많아지면서 전화받기가 어려웠다.

10콜만 받아야지 했는데 다 받아 버렸다. 또 하루에 100콜 이상 받아 버렸다.

그러다가 코로나 콜센터에도 문제가 생겼다. 항상 일정시간에 공백이 생기는 일이 발생했다. 있을 수 있는 사람은 나 혼자인데 행정반이 바쁜 까닭에 코로나 콜센터에 아무도 전화를 받지 못하는 공백이 생겼고, 결국은 혼자서 전화를 받으셨다. 그때 계장의 암호가 이랬다.

"버텨라 그래."

성찬은 어렴풋이 전화 평가가 되어 있는 서류를 파쇄기 근처에서 우연히 보게 되었다. 전년분기 대비로 평균이 6점이 올라와 있었다.

"자가 격리관련 내용은 코로나 콜센터로 연결해 드리겠습니다."

손을 덜덜 떨고 있는 사람 중 한 사람이 코로나 콜센터 내선번호 ○○○○로 돌렸다. 자가 격리 관련 문의를 코로나 콜센터로 돌리는 이유가 궁금했다. 듣고만 흘렸지만 따지지는 않았다. 누가 돌렸는지 뻔하게 보였기 때문이다.

어느 날 열심히 일하고 있는데 하상구청에서 연락이 왔다.

"구성찬 씨는 잠시 하상구청 행정실에 오세요."

하상구청에서 성찬을 불렀다. 왜 부르는지는 아무도 알지 못했다. 그렇게 많은 활약을 하지 않았는데 그래도 벌써 5개월 이상 지났다는 것에 대해서는 아무것도 모르고 하상구청 행정실로 향했다. 거기에는 누군가가 맞이하고 있었다. 바로 대한복지개발원 행정 8급 박태환 주무관이었다.

"구성찬 씨. 안녕하세요. 박태환 주사입니다. 앉으시죠"

"네, 감사합니다."

"애진에 일했던 경력들을 봤는데 ○○치와 대한복지개발원에서 인턴을 하셨더라구요?"

"네. 그런 경력이 있었죠."

"솔직히 하상보건소 전화 평가를 보았는데 콜센터 상담원 업무 부분에서 상위점을 받으셨어요. 근데 지난 1년 동안은 코로나 콜센터가 보통의 평균 점수였고, 그다지 평가가 좋지 않았는데 갑자기 콜센터 평가 점수가 좋아졌고, 항의 민원으로 패널티를 몇 십건 받았지만 어떻게 평점이 좋아질 수 있는지 생각해 보고 그렇게 될 수 있나 싶어서 조사를 해 봤더니 그 중심에 성찬 씨가 있었더라구요."

"…그럴수도 있죠."

"내용도 흥미로워요. 감사합니다의 존칭과 친절한 응대멘트나 속 깊은 내용들이 보고되면서 이런 사람이 있을 수 있냐는 생각이 들었어요. 사실 같은 출신지역 사람끼리라서 그러는데 성찬 씨가 굉장히 마음에 들어요. 그래서 코로나가 끝나면 콜센터 개발원의 소장으로 만들어 줄까 합니다."

"…근데 굳이 그럴 필요가 있나요? 저 말고 직급 높고 훌륭하신 선생님들이 많으실 거라 생각합니다."

"그럴 필요가 있다고 하셨다? 사실 여기에는 적임자가 없었어요. 제가 1년간 여기 있어 봐서 아는데 다들 도토리 키재기에 초라한 성적들이었어요."

"…어떤 업무인지 궁금한데 알려 주실 수 있을까요? 그리고 고민할 시간도 필요합니다."

"선택까지 많은 시간이 걸리실 것 같으니 이왕 말 나온 김에 생각 있으시면 하상보건소 안내 데스크에 눈이 안 보이는 아주머니가 계시는데 제가 이야기했다는 이야기를 하시고 한번 정보를 물어보시죠?"

그때 떠오른 사람이 있었다. 하상보건소 입구에 눈을 가리고 있는 아주머니가 계셨다. 그는 이야기했다.

"뜻밖의 소득을 얻으실 것입니다. 전화해 둘 테니 지금 가 보세요"

하상보건소로 복귀하고 안내 데스크쪽에서 눈을 감고 응대를 하는 아주머니를 찾았다.

"안녕하세요. 박태환 주사님께 이야기 듣고 왔습니다."

"···저도 연락을 받았습니다. 그렇군요. 이제 이야기할 때가 되었군요."

아주머니는 자신의 한쪽 눈을 뜨고 성찬을 보았다. 지금 자신이 코로나 콜센터에서 눈가리고 일하는 것은 연기라고 이야기했다. 좀 이야기가 돌았을 때 그는 구청때의 근무 이야기, 말하자면 자신의 과거 이야기를 했다.

"저는 예전에 구청의 문서 수신·발신을 담당하는 사람이었습니다. 어느 날 보안 서류가 있었는데 그때 박태환 선생님이 오셔서 접수를 해 달라 하셔서 접수를 시키고 점심시간에 점심을 먹었습니다. 근데 갔다 오고 보니 책상이 누가 손댄 흔적이 있었지만 그냥 놔두고 업무를 봤어요."

"네."

"그리고 파일 수정날짜가 점심시간으로 되어 있었지만 그냥 처리했습니다. 비공개이기에 별 일 없이 접수했는데 그렇지만 실제로는 비공개가 아니었죠."

그때 저리한 공문의 일부 내용에 대해서 보여 주었다. 내용에는 서비스 처리에 대한 것이 있었다. 마지막에 조항에 이런 것이 있었다.

> 조항 5조 3항 무소불위의 법칙.
> "서비스 결제권자나 서비스 담당자 중 한 사람 이상이 업무방해나 안전보건법에 위배되는 민원이라 판단된다고 결정이 나면 최소 무기징역 또는 1억 이상의 벌금을 내릴 수 있다."

성찬은 그 내용을 보고 눈이 휘둥그레졌다.

"결국 그 공문의 그 조항이 보내졌을 때 반발이 심했지만 그건 묵살되었고 빠르고 간소하게 법 처리 할 수 있는 제도로 인해 간소하게 처리되었습니다."

그래서 그 결정권자는 한 사람의 서비스 담당자를 지목해 업무 방해에 해당되는 민원을 받으면 전화로 #9900을 한 번 누르면 바로 서비스 결재권자에게 연결되어 내용을 듣고 서비스 결재권자도 #9900을 누르면 바로 경찰서에 자동으로 공문이 결재된 채로 양식이 전달되어 GPS 추적을 해서 현장에서 체포되는 일이 생기고 긴급하다 싶으면 #9900을 누르고 안내 멘트가 나오고 1번을 누르면 바로 공문이 경찰서로 전달되는 일이었다.

운이 나쁘게도 그 시스템의 첫 피해는 기차역에서 술을 먹고 있었던 노숙자였고 죽여 버린다는 내용이 나오자 공손하게 끊고 전화를 돌렸다. 노숙자는 바로 구치소로 갔다.

노숙자를 상대로 벌어진 일이었길래 별일은 없었다. 두 번째로는 장난 전화를 일삼던 민원인이다. 그 민원인의 집을 기습해 체포했는데, 밤에 돌아온 공무원인 딸이 위법한 사항이라며 구청에 항의했고 안전행정위원회에 정식적으로 신고했다.

"경찰권에서도 술렁였지만 법적인 조항과 공문이 있었기에 그때는 쉬쉬 넘어갔었고, 상관에게 한마디 듣고 끝났어요. 그렇게 해서 일단 마무리 되었습니다. 사실 말하자면 당신 같은 사람을 찾고 있었다고 합니다. 그 법이 통과되었지만 아무도 쓰지 못하고 있습니다. 나는 그 죄를 물어 눈 감는 연기를 하는 봉사가 되어 일을 하고 있구요."

"그렇군요."

"이 일을 들으셨으면 박태환 주사님께 전화해서 의견을 이야기해 주세요."

"나중에 하겠습니다."

구성찬은 아주머니에게 인사를 하고 복귀했다.

바깥을 한참을 걸어다녔다. 그리고 결심한 듯이 박태환 주사에게 전화를 걸었다. 박태환 주사는 이야기했다.

"자. 전화를 해 주셨단 이야기는 다 들으셨다는 이야기죠? 이제 이야기를 다 들었으니 성찬 씨가 서비스 결재권자가 되지 않겠냐?"

"…조금 어려울 것 같고 안 되겠습니다."

"그러면 내일 다시 오세요. 다시 이야기하겠습니다."

결국 전화를 끊고 공터에 내려와서 앉아서 생각하고 있었다.

다음 날 다시 성찬을 부른 태환 주사가 하상구청 행정실에서 이야기했다.

"당연히 그 법은 겁을 주기 위한 것이었는데 묻혀 버렸다. 다들 모르고 있다. 자신이 말하는 것이 흉기인데 그것보다 더 큰 제제법을 모르고 범죄를 저지르는 것을 말이야. 몇몇의 사람들을 찾았는데 자질이 있는 사람을 찾기 쉽지 않았다. 처음 발효되어 잘 뻗어 간다면 나는 모든 콜센터에 한 명씩 이런 시스템을 만들 것이다. 더 이상 언어폭력에 희생되는 사람들이 없었으면 하는 게 내 목적이다."

"누군가가? 받았다는 것입니까?"

"당신이 알 것 없습니다."

11. 코로나 콜센터 바깥 풍경

잠시 동료들을 위해 아이스커피를 사러간 성찬 씨. 바깥 정류소에서 전화기 앞에서 욕하시는 시민을 보았다. 소리를 지르고 협박하고, 가만히 들어 보면 보건소 근처에서 전화를 걸어 보건소에 협박하는 듯한 내용으로 들리기도 했다.

다음 날에 악성 민원인이 찾아오는 일을 만들어버렸다고 했다. 그래서 민원인이 찾아오기로 했는데 남자들도 어찌할 수 없게 되었다. 경찰이 도와주러 오기로 했는데 아직 오지 않았다. 남자는 나 혼자뿐이라 얼굴을 찌그렸지만, 때마침 의료기사님이 장비로 제압하면서 일단락된다.

그 사람에게 콜센터 이야기를 듣는다.

"콜센터가 정말 필요한 사람에게 다가가야 되지 않는지 전화를 돌리거나 위급한데 이야기할 수 없는 그런 곳이라면 있으나 마나가 아닐까? 코로나 콜센터도 최저임금 고 노동으로 일하는 곳이기에 허점이 많고, 예산을 말이 효율적으로 쓰는 것이지 10원 한 장 안 쓰려고 애 쓰는 모습 보이지 않는지?"

정치적으로 이용되는 것 같은 이야기를 하면서 본질에 대해 이야기해도 잘 몰랐다. 그래도 점심시간이 끝나면서 잘 했다고 했다.

12. 장애인 직원의 선택

주간 보호센터로 이직 신청을 한 전화를 잘 받는 지수 씨가 가게 되었다. 아무 말도 하지 않고 떠나 버렸고 우리에게 별 이야기하지 않고 복지과에 이야기하고 나왔다. 그래서 아무것도 모르는 우리들에게 주사님은 좋은 곳으로 갔다는 이야기만 했다.

처음의 일은 산뜻했다. 재미있었다. 괜찮았다. 그런데 처음 겪는 일이다 보니 갑자기 목이 잠겨 오기 시작했다. 나중에는 일이 익숙치 않아서 병가를 내고 몸 조리를 하려고 했는데 다음 날 아침에 출근하니 신발장에 슬리퍼가 사라지고 없었다.

들어갔을 때 센터장은 시비를 걸며 이야기했고, 해고권유를 했다. 트집을 잡히고 압박을 받는 일들이 생겨서 결국 지수 씨는 일자리 사업을 포기하고 아무 곳도 가지 못하게 되었다.

13. 성찬이 해결한 일

성찬은 이 법에 대해 행정위원회와 대한복지개발원에 정식으로 이야기를 했고, 담당 조항을 찾아보니 법 조항 복사가 수정 테이프로 일부를 가려 놓았다. 나중에 확인해 보니 내용이 있어서 독소조항이라 생각하고 담당자와 해당 건에 대해 수정하고 징계했다.

그리고 성찬은 이것으로 끝날 줄 알고 있었다. 끝인 것 같았다.

코로나 콜센디는 변의 바이러스를 막을 수 있는 백신과 항체 대응력이 높은 기술을 사용해 코로나 백신 접종을 재실시므로 인해서 다시 활기를 찾았다.

백신 맞을 순번에 대해서 이야기했다. 하루에 한 명씩 맞기로 했고, 모든 동료들은 다음주 화요일에 맞기로 했다. 화요일이 되기 얼마 전부터 기대했는지 몰라도 몸이 않 좋았다. 그때 보건소에서 문자가 왔다.

보건소로 코로나 검사 받으러 오십시오.

코로나 검사와 결과를 받았는데 자가 격리 명령을 받았다.

자가 격리를 명령받았다. 집에서 하루 종일 누워 있었다. 자가 격리 중에 오만가지 생각이 났다. 시민들이 자가 격리를 어떻게 하는지에 대해서 전화 중에는 아들이 좋아하는 반찬 몇 가지 문 앞에 놔두고 가면 안 되는지부터 배달 음식이나 배달 서비스 이용은 안 되는지 자가 격리에 대한 항의 이야기들까지 성찬이 겪고 있는 지금의 일들은 그렇게 심각하지 않은데 그런 생각들이 조금은 이해가 되었고 생각할수록 신기한 일들이었다.

시간이 지나서 사람들은 안정을 찾고 보건 행정도 완벽하게 이루어졌다. 끝이 나게 되었고 성찬이 보건소를 희망일자리사업도 끝나게 되었다. 박태환 주사로부터 문자가 왔다.

"잠시 시간 좀 내줘요."

　　　　　　　　　내 마음속의 신을 움직이다_직업사회 편

박태환 주사는 서비스 센터로 나를 불렀다. 거기는 독한 양주 한 병과 치즈가 있었다. 술 한잔을 권했다. 여러 사람들이 모여서 양주 한 잔씩 따라 마셨다.

"코로나 시대가 마무리 된 것에 축하를 하며 우리 건배합시다."

"…"

동료들끼리 수고했다고 이야기하고 좋아했다. 성찬이 신고한 게 자신의 잘못이라 생각해 신고한 정책이 수면 위로 떠오르게 했다. 어쩌면 시간문제였다고 생각하기도 했다. 구성찬은 박태환에게 질문했다.

"혹시 코로나 콜센터로 희생당하신 분이 누군지 여쭈어봐도 됩니까?"

그랬더니 반즈음 취한 박태환이 말했다.

"우리 엄마가 희생자였다. 됐냐?"

"그랬군요."

"나는 감봉되어서 변방의 마을의 주간보호센터쪽에 발령이 났다. 이제 끝이다. 구성찬 씨. 잘 있어요."

구성찬과 박태환은 마지막 술자리에서 그렇게 헤어졌다.

코로나는 여러 사람들의 노력에 의해 잠잠해졌고 비록 마스크를 벗지는 못했지만 모두들 일상으로 복귀할 수 있었다. 위드 코로나의 시대를 열었던 작은 보건소의 콜센터의 일들은 잊혀지지 않고 남을 것이다.